Oposición

Sara Mesa

Oposición

EDITORIAL ANAGRAMA
BARCELONA

Fundación
BBVA

Proyecto realizado con la Beca Leonardo a Investigadores y Creadores Culturales de la Fundación BBVA

Ilustración: © Pablo Amargo

Primera edición: marzo 2025

Diseño de la colección: Julio Vivas y Estudio A

© Sara Mesa, 2025

© EDITORIAL ANAGRAMA, S. A. U., 2025
Pau Claris, 172
08037 Barcelona

ISBN: 978-84-339-2968-6
Depósito legal: B. 199-2025

Printed in Spain

Liberdúplex, S. L. U., ctra. BV 2249, km 7,4 - Polígono Torrentfondo
08791 Sant Llorenç d'Hortons

*Para El Ujier, que siempre
me ayudó con los papeles*

Le propuse: hagamos un cuaderno de campo con poemas juguetones, dibujos a lápiz y anotaciones sencillas sobre lo que observemos cada día. «¿Como un diario?», preguntó J. No exactamente, porque no hablaremos de nosotros, ni de nuestra vida, solo de lo que nos rodea a nosotros y a nuestra vida. «¿Y crees que eso puede separarse?», dijo él.

GEORGE RYE JR.,
El sentido de todo esto

En la voluntad simplificadora que le caracteriza, el MS escapa del proceso característico del MCE de desglose de las OI en DR y tareas administrativas e incluye una identificación a priori de las cargas acompañada de una regla práctica: en el caso de que alguna medida normativa contenga una carga que no pueda encuadrarse en la misma, habrá de ser asimilada a alguna de las categorías existentes.

Manual de Simplificación
Administrativa y Reducción de Cargas para la
Administración General del Estado

> Quienes en vez de leer se ponen a escarbar en los textos con la mentalidad de un inspector se equivocan de cabo a rabo. Leer no consiste en buscar correspondencias empíricas. Que haya muchas cosas inventadas no significa que este relato no esté absolutamente cargado de verdad.
>
> MARY CHAROENSIRUK,
> *Cómo leer a Gógol*

INICIACIÓN

La mesa la pusieron en mitad de la nada, en un lugar de paso, sin ventanas. Sonaba un ronroneo constante, quién sabe de qué aparato o cosa. Dejé el bolso y la carpeta encima de la mesa, el chaquetón en el respaldo de la silla y me senté a esperar tal como me había indicado el ordenanza. Allí en medio, entre sombras, solo se oía el ronroneo, nada más, y sus mínimas variaciones cada pocos segundos, como un cuerpo asfixiado cogiendo a duras penas bocanadas de aire. Frente a mí, la pared color crema; a la izquierda, el recodo que llevaba a los despachos; a la derecha, la puerta doble con ojos de buey por la que yo acababa de entrar. Era una mañana fría de invierno, apenas había amanecido, la luz me hizo pensar en la textura porosa de la cera. Tuve la sensación de haberme colado en un edificio vacío. De estar ocupando ese sitio por error.

Había un ordenador sobre la mesa, con su teclado y su ratón. Un ordenador no muy nuevo, amarilleado por el tiempo, con pegatinas corporativas y una etiqueta con un código de barras. Tras unos minutos de indecisión, pulsé el botón de arranque. La pantalla se tiñó de azul, luego de blanco y al final de un brillante tono verde manzana. En el escritorio, uno a uno, fueron apareciendo distintos iconos. Moví el ratón con cautela, cliqué sobre ellos. No conducían a ningún lado o me pedían contraseñas de acceso que yo no conocía. Apagué el ordenador, saqué los papeles que había llevado y los coloqué ante mí, primero en una pila, todos juntos, después extendidos para que ocuparan más espacio.

El ronroneo había dejado de sonar.

Esperé.

Eran más de las ocho cuando oí a los primeros funcionarios. Llegaban poco a poco, como en tandas: a las ocho y diez, a las ocho y veinte, a las ocho y media, a las nueve, a las nueve y veinte. Saludos, carraspeos, toses, alguna risa, pasos lentos y otros más rápidos, entremezclados. Todos giraban hacia el lado contrario. Yo intuía sus siluetas a través de los ojos de buey de la puerta, manchas borrosas que aparecían y después se hacían pequeñas y desaparecían. Continué en mi sitio escuchando a toda aquella gente que se metía yo no sabía dónde, preguntándome por qué nadie se dirigía hacia los despachos.

Me levanté y recorrí el pasillo lateral con sigilo, como si estuviera contraviniendo una norma. Tres cubículos acristalados, de una sola plaza cada uno, continuaban a oscuras. Al fondo había un aseo, o lo que parecía ser un aseo, quizá un pequeño almacén, o quizá nada, solo una puerta ciega o de emergencia. En los carteles junto a cada despacho no se indicaban nombres, solo cargos. JEFE DE NEGOCIADO. JEFE DE NEGOCIADO. JEFE DE NEGOCIADO. Tres jefes de negociado. Todavía no había aparecido ninguno. Sin sacar nada en claro, volví a mi mesa.

A las diez y media la puerta de ojos de buey se abrió. Un hombre alto, más bien flaco, con maletín, abrigo largo y aspecto de estar sumamente concentrado en sus asuntos, pasó por delante de mi mesa. Buenos días, dijo. Buenos días, respondí. Aquel ser espectral giró por el pasillo y fue hacia los despachos. Una luz se encendió. ¿Jefe de negociado uno? ¿Jefe de negociado dos? ¿Jefe de negociado tres? El silencio se adensó tras su paso. Imposible saberlo.

De manera que estaba ahí sentada tonteando con el móvil cuando al fin se presentó un funcionario. Hola, me dijo. Hola, le dije. ¿Tienes línea de teléfono?, preguntó. No, respondí. Vale, ahora te la instalo. Se fue. Volvió a la media hora con un aparato. Lo conectó, probó la línea, iba bien. Este es tu número, me dijo. Para llamadas internas solo se marcan los cuatro últimos dígitos. Para llamadas externas, tienes que marcar primero un cero. Aquí es centralita, aquí admisión, aquí asistencia técnica. Se notaba que había repetido lo mismo muchas veces, porque lo decía sin entonación, con un maquinal timbre metálico. Parecía joven, aunque algo muy viejo se escondía tras su voz. Era pelirrojo, sus ojos carecían de brillo, toda la ropa le quedaba espantosamente grande. Le pregunté si conocía a la asesora jurídica. Me miró fastidiado, chasqueó la lengua. Ni idea, me dijo, cómo voy a conocerla, yo solo soy asistente de microinformática. Entonces, ¿no eres funcionario?, pregunté. No, soy de una empresa externa, contestó. Yo le dije que tampoco era funcionaria, que había entrado en ese puesto con una interinidad por vacante, y que era mi primer día. Pues bienvenida, respondió con frialdad, ¿necesitas algo más? Dije que no y se fue.

Tenía ordenador y tenía teléfono. Tenía una mesa grande, una cajonera, una silla de oficina, un enchufe con regleta. Ventana no tenía y, lo más inquietante, instrucciones tampoco. Me rugieron las tripas. Eran las doce y cuarto y aún estaba sin desayunar. El ordenanza me había dicho que esperase, pero ¿cuánto de estricta era esa orden? ¿No podía saltármela un ratito para ir a comer algo?

El ordenanza había sido preciso, incluso contundente. Debía esperar a la asesora jurídica. No ir a buscarla. No preguntar por ella. No importunarla. Era una mujer muy ocupada que se reunía a diario con personas de todo tipo y rango. Sacaba adelante mucho trabajo, mucho más del que podía abarcar una sola persona, de ahí mi existencia ahora en ese sitio, en ese pasillo, en esa mesa. Ella, la asesora jurídica, estaba informada de que mi incorporación se había hecho efectiva. Esa fue la expresión que usó el ordenanza, que levantó las cejas para subrayarla. No dijo *ella sabe que ya estás aquí*, sino *está informada de que tu incorporación se ha hecho efectiva*, y esa manera de hablar resultaba postiza, porque después añadía palabras como *cariño* o *miarma*, ya bajando las cejas. La asesora jurídica sabía perfectamente que me había *incorporado*, repitió, y me recibiría en cuanto encontrara un huequecito.

Pero, tras casi cinco horas de espera, un pensamiento me rondaba. ¿Y si el ordenanza estaba equivocado? Quizá el procedimiento era el contrario. Quizá la recién llegada —esto es, yo— era quien debía comparecer, dar la cara, no esperar a que la superior —esto es, la asesora jurídica— viniese a buscarla. Me *incorporé*, crucé la puerta y fui hacia el mostrador del ordenanza, vacío en aquel momento. Me quedé allí de pie, vacilante, y observé la amplia sala contigua, con sus mesas atiborradas de papeles, ordenadores, teléfonos y todo tipo de pequeños objetos sobre ellas. Los funcionarios parecían atornillados a sus sillas, rígidos y absortos cada uno en lo suyo. Dos de las mesas estaban libres, tanto de funcionarios como de papeles. ¿No me podían haber colocado en alguna, en vez de enviarme a la otra punta? ¿O eran mesas con dueños cuyos dueños, por la razón que fuera, habían tenido que ausentarse?

Una de las funcionarias se apiadó de mí, se acercó al mostrador y me preguntó qué necesitaba. Yo le expliqué que acababa de incorporarme y que estaba buscando a la asesora jurídica. Ah, eres *la nueva*, dijo. Sonrió. Era una mujer muy agradable, con gafas rosa de concha, maternal, redondita, un pelín tetona. Qué joven eres, añadió sin dejar de sonreír, como si se lo comentara a otra persona, y yo le di las gracias tontamente. Mirándome por encima de las gafas, me explicó que la asesora jurídica se había marchado a otra consejería hacía un par de horas y que a esas alturas —consultó su reloj de muñeca— ya no creía que volviera. Que no me preocupara, añadió, que mañana fijo que me recibía, que de momento lo que debía hacer era acomodarme e ir enterándome pasito a pasito del trabajo. Con el rabillo del ojo vi al ordenanza que se acercaba arrastrando un carro con un montón de expedientes apilados unos sobre otros. Como era cojo y no precisamente atlético, el pobre resoplaba por el esfuerzo, con la cara tan roja como un filete crudo. Chiquilla, dijo parándose a mi lado, aquí estamos todos muy liados, deberías tener una mijita de paciencia. Sudaba a mares colocando los expedientes sobre el mostrador. La funcionaria tetona me hizo un gesto cómplice que no supe cómo interpretar. Abrumada, me retiré de nuevo a mi guarida.

A la una y media volví a asomarme al pasillo. El despacho con luz era el del medio, es decir, el segundo, una luz verde, lechosa, como de acuario, que se proyectaba en la pared de enfrente. El hombre que estaba dentro no se había movido desde que llegó, tampoco había hecho el más mínimo ruido. Contagiada por su silencio, me di la vuelta de puntillas y salí en busca de un aseo. El ordenanza levantó una ceja al verme de nuevo. Con el brazo flojo, desganado, me indicó el camino. La luz en el aseo también era verde y lechosa. Me miré en el espejo. Qué rara estaba, pensé, mi cara pálida y hambrienta, interrogante. Como si me hubieran recortado de otro sitio y pegado ahí, sin más formalidades.

Al volver llamé a mi madre para contarle que todo iba estupendamente. Ella me preguntó por qué la llamaba desde el móvil, ¿acaso no me habían puesto un teléfono de mesa? Sí, me lo habían puesto, expliqué en voz baja, pero me daba apuro usarlo para asuntos personales. Mi madre dijo que no sería la primera ni la última e insistió: ¿seguro que tenía teléfono? Colgué y volví a llamarla para demostrárselo. Se rió de buena gana y me pidió que le describiera todo al detalle: cómo era mi lugar de trabajo, dónde estaba sentada, qué se veía por la ventana, cómo me habían acogido los compañeros, ¿había hablado ya con mi jefa?, y, sobre todo, ¿por qué susurraba todo el rato? No quiero molestar, dije, y ella dio por hecho que estaba rodeada de gente, que era una más entre otros. Ea, pues no te entretengas, me dijo ilusionada, ponte a lo tuyo y ya me contarás con más calma. Colgué con una indefinible sensación de fraude.

A las dos y media el jefe de negociado número dos apagó la luz de su despacho, pasó por delante de mí en dirección a la salida y dijo hasta mañana. Hasta mañana, respondí intrigada. ¿Alguien le había explicado que yo era *la nueva* y que iba a quedarme ahí una buena temporada? Si lo que el ordenanza me comentó era verdad, mi mesa no estaba antes en ese lugar, la habían puesto en exclusiva para mí. Es decir, el jefe de negociado número dos había estado atravesando ese espacio vacío día tras día, sin cruzarse con nada ni con nadie, desde quién sabía cuándo, hasta esa mañana en la que había surgido, como por generación espontánea, una mesa con una persona sentada, que era yo. Ante ese cambio, por toda reacción, solo había pronunciado un saludo y una despedida. La verdad, nunca me había sentido tan poca cosa.

Media hora más tarde, tras oír los movimientos del resto de la gente, sus hasta mañana y sus hasta luego, decidí que también había llegado el momento de recoger e irme. Guardé los papeles en la carpeta, me puse el chaquetón y me colgué el bolso en bandolera. El ronroneo empezó otra vez a sonar. Miré alrededor como para decir adiós, absurdamente. No había nadie de quien despedirme.

El resto de la semana, la asesora jurídica siguió tan ocupada que tampoco pudo recibirme. Mi puesto se había creado para aliviarla a ella de su pesada carga de trabajo, pero, paradójicamente, ahora mi presencia le suponía una tarea más que aún no había tenido tiempo de afrontar. Mi trabajo, por tanto, consistía en estar disponible cuando ella me llamara. Permanecer alerta por si acaso.

Yo llegaba unos minutos antes de las ocho, daba los buenos días al ordenanza y me iba a mi mesa. Soltaba las cosas y me ponía a esperar. Oía la llegada de los demás, oía los teléfonos sonando, el traqueteo de la oficina –el zumbido de la fotocopiadora, el chirrido del carro de expedientes, el misterioso ronroneo–, oía sus voces cuando se marchaban a desayunar y cuando volvían, cuando se saludaban y cuando se despedían. Mi oído se había vuelto muy fino porque no tenía nada que hacer salvo ejercitarlo. Aprendí a relacionar cada sonido con su propietario. El de los pasos largos. La de los andares a saltitos. La que pegaba voces como si estuviera medio sorda. El del acento del norte, con su tono chillón y prepotente. Los conocía ya, sin saber cómo eran sus caras. Si los veía era siempre de refilón, al bajar a desayunar o ir al servicio. Nadie me preguntó a qué me dedicaba exactamente. A decir verdad, nadie me preguntó nada de nada, ni siquiera mi nombre.

Muchas cosas ocurrían siempre igual, como un calco. Por ejemplo, la aparición a las diez y media del jefe de negociado número dos, inclinado como si caminara con el viento en contra, la mirada fija en el suelo, el saludo –buenos días–, el maletín oscilando en su mano, la luz del despacho que se encendía y el espeso silencio que se formaba tras él, creciente cada hora, hasta las dos y media, cuando la luz se apagaba y él salía, maletín en ristre, en dirección contraria, despidiéndose –hasta mañana–. Nadie más pasaba por allí, solo ese hombre y sus cuatro palabras diarias. ¿El jefe de negociado número dos era entonces el único jefe de negociado? De ser así, ¿debía llamarlo jefe de negociado número uno o jefe de negociado a secas? Y lo más intrigante, ¿por qué una zona de la oficina estaba abarrotada y la otra vacía? ¿Quién había decidido ubicarme a mí en la segunda y por qué motivo?

Pero también rastreé pequeños cambios, matices que daban una particularidad propia a cada instante. Las sombras, los destellos de luz, una masa de aire que se comprimía nada más llegar y luego, a media mañana, se aflojaba con lentitud hasta desinflarse, el olor de la comida que alguien calentaba en un microondas a mediodía, el *bip bip*

bip de ese microondas al terminar su metódica función. El primer día, mi olfato me indicó: sopa y pollo asado. El segundo: un guiso tipo pisto. El tercero: filetes empanados. El cuarto: otra vez sopa y pollo.

También yo empecé a desayunar en la cafetería de la planta baja, como una más. Para facilitar el servicio, era preciso sacar un tique en una de las máquinas de la entrada. Se formaban colas y no poco revuelo alrededor, porque eran muchos los funcionarios que desayunaban allí, cientos de funcionarios cada día. Aprender a manejar esas máquinas requería cierta práctica. Había botones para productos sueltos —cafés, infusiones, zumos, tostadas simples o dobles—, pero también combinaciones que salían más baratas y multitud de variaciones —opción sin lactosa, light, sin gluten, sin cafeína—. A menudo los tiques salían con la tinta tan débil que al llegar a la barra los camareros tardaban un buen rato en descifrarlos. Rodeados por el estruendo de la espumadora, con uniformes verdes y guantes higiénicos, gritaban los pedidos bajo una iluminación tan directa y tan lúgubre que hacía pensar en el interior de un hospital, aunque también se respiraba allí algo típicamente escolar, de patio de recreo, quizá por el olor a pan quemado, a mantequilla y a leche hirviendo. Los funcionarios se sentaban en grandes mesas corridas y las conversaciones sobrevolaban el espacio formando un gran tumulto. Era complicado destrenzarlas y sacar algo en claro, como cuando un collar se enreda y hay que dedicar mucha paciencia para desenredarlo. Yo me sentaba en el extremo de una mesa y ya estaban hablando, me iba y continuaban hablando. Como yo no tenía con quien hablar, regresaba a mi sitio y seguía esperando.

El edificio era tan grande que tardé en advertir su simetría. No se podía abarcar de un solo vistazo, hacían falta muchos vistazos, muchas perspectivas, para entenderlo. De planta circular, compacto y sólido, por fuera recordaba a una tarta de varios pisos con sus capas alternas de crema y de bizcocho y las ventanas como pepitas de chocolate diseminadas al azar. Pero al entrar el efecto era perturbador, porque ya no parecía redondo ni mucho menos, sino una gigantesca caja rectangular, laberíntica, llena de pasillos, despachos, salas y antesalas, vestíbulos, escaleras, ascensores y zonas de paso como aquella donde habían colocado mi mesa.

¿Qué hacía yo allí, dentro de aquella tarta? Empezaba a sentirlo como un enigma cuya solución se esperaba que hallara por mí misma, sin preguntar a nadie o, al menos, sin preguntar directamente. Había oído que en algunos puestos de trabajo espían las reacciones de los recién llegados; en vez de hacerles pruebas específicas, entrevistas o exámenes, se les observa con cámara oculta. Durante esta investigación, reciben órdenes imprecisas o contradictorias, se les entrega material defectuoso o se simulan situaciones incómodas que los observados tratan torpemente de ocultar o arreglar. Esto, hasta donde yo sabía, solo ocurría en las empresas privadas, no en la administración pública, aunque ¿quién podía asegurarlo? ¿Y si también a mí me estaban vigilando, sin ser yo consciente? ¿Y si me acusaban de quedarme de brazos cruzados, sin intentar siquiera mover ficha para salir de la inactividad? Quizá no estaba bien esperar sin más. Quizá debía ponerme las pilas y hacer algo, aunque ¿hacer qué?

Intenté averiguar cuál era la función de un puesto

como el mío, busqué en la web de la consejería esa información, no saqué nada en claro. En el organigrama del personal, hipertrofiado en algunas de sus ramas y esquelético en otras, no había ningún lugar donde encajarme. En mis investigaciones encontré un apartado de noticias, otro de resoluciones, otro de actuaciones administrativas, un tablón de anuncios y de convocatorias, informes para descargar y un sinfín de subapartados que, en algunos casos, daban error y en otros conducían otra vez a la página de inicio. Cliqué aquí y allá sin ningún orden, imprimí algunos documentos. Los extendí sobre la mesa, tras subrayarlos y hacer anotaciones en los márgenes, como si los hubiera estado estudiando a conciencia.

Tuve la sensación de que me fatigaba más aparentando trabajar que si hubiera tenido que trabajar realmente.

El ronroneo. No era fácil dar con la pauta. Si sonaba, solía ser a las horas de entrada y de salida, pero no siempre, no todos los días. Tal vez, pensé, se debía a un sistema de aclimatación o de renovación del aire que se encendía al principio y al final de cada jornada de trabajo. Pero también lo oí un par de mañanas fuera de su horario, o del que yo había supuesto que era su horario, aunque entonces sonaba distinto, como un estertor o el equivalente a una tosecilla humana que se queda atascada y se suelta en el momento más inoportuno. No era un sonido molesto, salvo que una se concentrara en él. Y yo me concentraba. Pregunté al ordenanza y se me quedó mirando como si mi pregunta fuera la más extraña que le hubieran hecho en décadas. ¿El *dondoneo*, dices?, dijo imitándome. No había ningún *dondoneo* o, si lo había, era el sonido propio de todas las oficinas, está en todos lados y es el rumor de los lugares cerrados cuando se juntan decenas de personas a currar. Quizá yo nunca había trabajado en un lugar cerrado, ¿o había trabajado yo antes en un lugar *cedado*?

El ordenanza, que llevaba una tarjeta amarilla con su nombre prendida al pecho, se llamaba José Joaquín Alonso Tarín. Era socarrón e impertinente y le gustaba darse aires, pero no parecía mala persona. Bromeaba según con quién. Conmigo sí. Con otros no.

Sonó el teléfono. Era la primera vez que me llamaban, la primera desde que me lo habían instalado. El timbre parecía diferente al de los teléfonos que yo oía desde mi mesa. Desafinado y torpe, como por la falta de uso. Descolgué el auricular, dije ¿sí?, no sabía si tenía que añadir algo más. Una voz me anunció que la asesora jurídica me estaba esperando en su despacho. ¿Ahora?, pregunté, como si no hubieran pasado ya diez días. Claro, me respondió la voz, cuándo va a ser. Me levanté y fui al otro lado sin la menor idea de adónde iba; con la sorpresa había olvidado preguntárselo a aquella voz tan pragmática. José Joaquín, viéndome dudar frente a su mostrador, me hizo una seña para que lo siguiera. Cruzamos la sala de punta a punta, saludando a mi paso educadamente. Algunos funcionarios me respondieron, otros no. Un hombre barbudo, despatarrado en su silla giratoria, se partía de risa hablando por el móvil. Ni me miró. A su lado, una mujer joven, con coleta apretada y pañuelo al cuello, tecleaba con rapidez como un picapino en su tronco. Me dijo hola sin desplazar la vista de la pantalla.

José Joaquín se detuvo, levantó las cejas y señaló un despacho a la vuelta de un pasillo que era exactamente igual al que había junto a mi mesa, con las mismas dimensiones, los tres cubículos acristalados y la misteriosa puerta al fondo. Pero, a diferencia de mi pasillo, aquí todos los despachos estaban ocupados: un señor con gruesas gafas y bigote en el primero, una señora que se sentaba muy rígida en el segundo y, en el último, una señora bajita, regordeta y sonriente que me recibía como quien se reencuentra con una antigua amiga. Era, por fin, la asesora jurídica.

¿Qué había yo imaginado? Después de tanta espera, de todos los elogios que había oído sobre su competencia y profesionalidad, no a esa mujer, una mujer normal, sin pose de jefa ni de asesora ni de nada, del tipo de mujeres que suelen verse en el supermercado o en el ambulatorio, mujeres sin más, ni guapas ni feas, con peinados ni cortos ni largos, ni modernos ni antiguos, zapatos de medio tacón, jersey de canalé, falda de poliéster, gemelos recios y medias satinadas. Se levantó para estamparme dos besos y me miró de arriba abajo con entusiasmo. ¡Me necesitaba tanto!, dijo. ¡Le habían hablado tan bien de mí! Me dio la bienvenida a esa jaula de grillos —usó esa expresión: *jaula de grillos*—, y ¿ya me había presentado a todo el mundo? Tenía los ojos negros y chispeantes, con espesas pestañas y una verruguita en un párpado a la que era imposible no mirar. Transmitía pasión por su trabajo, por las funciones que desempeñaba allí, que llevaba desempeñando ya doce años, según me detalló. ¿Doce?, se preguntó a sí misma. No, catorce, rió haciendo sus cuentas con los dedos: cuatro con tal consejero, tres con tal otro... Medía el tiempo por la duración de los cargos políticos. Con todos ellos se llevaba maravillosamente, aunque cada uno era de su padre y de su madre. Cuando la mujer rígida del despacho contiguo entró a curiosear y ella hizo el ademán de presentarme, me di cuenta de que no se acordaba de mi nombre. Sara, dije echándole un cable. ¿*Sada*?, preguntaron ambas. No, no, Sara, repetí avergonzada. Con erre, añadí sin necesidad. ¡Ah, *Sada*! ¡Bienvenida!

Me explicó mi trabajo. O, más bien, anunció qué esperaba de mí: que la ayudara con la puesta en marcha de una OMPA, pero no aclaró qué era una OMPA ni de qué manera tenía yo que ayudarla. Quise saber cómo nos organizaríamos, pero temía sonar impaciente, invasiva o, todavía peor, ignorante. ¿Qué puedo ir haciendo?, pregunté al fin. Bueno, podía, por ejemplo, *familiarizarme* con las OMPA que había en otros organismos, ver lo que estaban haciendo bien y lo que estaban haciendo mal –*sus pros y sus contras*, dijo–, formarme una idea general de su funcionamiento. La estructura de las OMPA es muy compleja, dijo, mucho más de lo que el común de la gente cree. Yo no debía quedarme en la superficie, debía profundizar, ir a la esencia del órgano, a su raíz, rascar y rascar hasta alcanzar el meollo. Parece fácil, comentó, pero un trabajo así tiene su miga. La asesora sonreía sin advertir mi inexperiencia, era amabilísima, no dejó de serlo en ningún momento, desde mi llegada hasta que me despidió dándome un apretón en el brazo. Se llamaba Teresa, un nombre corriente aunque un tanto espinoso para mí debido a mi problema de frenillo: *Tedesa* si lo pronunciaba espontáneamente, sin esforzarme.

Una OMPA era una Oficina de Mediación y Protección Administrativa. Esto tuve que averiguarlo por mi cuenta con algo de sonrojo, porque era verdad que las había a montones, lo raro era que jamás hubiera oído hablar de ellas. Muchos organismos públicos, ministerios, consejerías, ayuntamientos, diputaciones, agencias, fundaciones las tenían, cada uno la suya; nosotros, de hecho, íbamos con retraso. Se presentaban como un cauce de comunicación entre ciudadanía y Estado. Un buzón abierto al que cualquiera podía dirigirse en el uso legítimo de sus derechos. Lugares de escucha para la resolución de problemas administrativos. La ventanilla del pasado, lista para el futuro. Vale. Eso me quedó claro desde el principio. Lo que no terminaba de entender era mi papel ahí dentro. ¿Cómo se concretaba toda aquella abstracción? ¿Qué tenía que hacer yo y de qué manera? Teresa se había ofrecido a resolver todas mis dudas, pero lo mío no eran dudas, sino un desconocimiento monumental que mejor no mostrarle. Y eso que ella no solo me había acogido con cariño, sino que, para hacerme sentir parte del grupo, me había invitado a desayunar con sus compañeros de pasillo siempre que quisiera.

El primer día me citó en el rellano de la escalera a las diez y media; yo llegué puntual, ellos tardaron un poco en ir apareciendo. Primero Teresa; luego la señora rígida del despacho contiguo, de nombre Benita pero a la que llamaban Beni; finalmente el señor del bigote, que se presentó a sí mismo como el Monago, con artículo. Los tres eran asesores de una cosa o de otra, me explicaron, aunque de distinto nivel y con distintas funciones. Me sacaban como mínimo veinte años, aunque eso no tenía la menor importancia, todas las incorporaciones eran útiles, puntualizaron como para animarme, ¿bajamos ya?

Por el camino se pararon a hablar con personas de otros departamentos. La mayoría de los funcionarios, yo ya lo había notado, avanzaban de ese modo, encontrándose e improvisando pequeñas reuniones por el camino, enlenteciendo así su marcha. El Monago solía quedarse atrás a cada momento, lo que parecía irritar mucho a Teresa, que se frenaba en seco y preguntaba levantando los brazos: ¿dónde está el Monago? En las máquinas de los tiques, en cambio, todo se aceleraba. Los tres tenían muchísima destreza en su manejo y sabían al dedillo cómo combinar las teclas para que los pedidos salieran más rentables. Establecían alianzas, compartían desayunos e intercambiaban ingredientes. Con la calderilla sobrante hacían un bote. Para el viernes, me explicaron. Los viernes los funcionarios solían bajar a tomar una cerveza a eso de la una, yo estaba también más que invitada a unirme.

Mientras desayunábamos, le pregunté a Teresa si podía adelantar algo con lo de la OMPA. Suspiró contrariada, meneó la cabeza, dijo que arrancar era más complicado de lo que yo creía, que los pasos debían meditarse muy pero que muy bien. Actualmente, explicó, nos encontrábamos en la fase de diseño, no había que correr para no caer en los errores que habían cometido otras OMPA. ¿Errores como cuáles?, pregunté, pero ella siguió desarrollando su idea sin responderme. No podemos empezar a mover papeles sin tener detrás unos procedimientos claros, dijo agitando la cucharilla a modo de batuta, un mecanismo que regule quién tiene acceso a cada dato y cómo y cuándo, y qué se hace con cada uno de esos datos a los que se tiene acceso. Todo ese *cacao procedimental*, dijo, estaba ahora en manos del secretario general, es decir, del superior de todos ellos, de Beni, del Monago, de la propia Teresa y, por supuesto, de mí misma. El secretario general era toda una entidad allí, dijo, el cerebro ejecutivo de nuestro departamento y un gran promotor de la tan esperada modernización administrativa. Excelentemente preparado, con un historial apabullante a sus espaldas, el tal Echevarría, que era como se llamaba, solo pecaba de no saber delegar responsabilidades, todo trámite tenía que pasar por sus manos y eso ralentizaba un poquito la cosa. Es tan cabezota, dijo, y sonrió para sí con dulzura como si estuviese refiriéndose a las travesuras de un niño. Apuró su leche manchada, recogió las miguitas distraídamente con los dedos y pasó a hablar, sin más, de otro asunto.

Tomé la costumbre de desayunar con ellos. Ponía la oreja para entender. No entendía nada. Hablaban del trabajo, pero con tal nivel de detalle que resultaba indescifrable. Teresa y Beni se quitaban la palabra a cada momento, saltando por encima una de otra; el Monago rara vez intervenía y, cuando al fin se decidía a hablar, sonaba inconsistente y desapegado. Solían quejarse de la desorganización, de la excesiva carga de trabajo, de la falta de reconocimiento, de la arbitrariedad de algunos superiores, de las rencillas con funcionarios de otros departamentos —aquí bajaban la voz y usaban extrañas claves privadas—, del tamaño y la iluminación de sus despachos —les parecían pequeños y oscuros—, del privilegio del parking —ellos tenían derecho a una plaza, pero no estaban de acuerdo con los criterios de asignación que permitían que otros también las tuvieran—. Estas quejas les llevaban su tiempo, las estudiaban desde diferentes perspectivas y siempre aparecían nuevos recovecos que explorar. A menudo ya habíamos acabado de desayunar, pero la conversación continuaba con los platos vacíos por delante. Otras veces hablaban de temas personales. Teresa tenía dos hijos adolescentes que daban mucha guerra, pero no más que comprar un frigorífico nuevo, según Beni, o contratar un plan de pensiones, y ¿qué ocurría con las comisiones de las tarjetas de crédito? ¡Cada vez eran más abusivas! Cuando me preguntaron por mi vida, la resumí en un par de minutos. Vivía con mi madre, que trabajaba como recepcionista en una clínica dental desde hacía dos mil años. Mi padre murió siendo yo pequeña, apenas conservaba ningún recuerdo suyo. No tenía hermanos, no hubo tiempo. Novio, ahora mismo, tampoco. Estaba ahí porque una antigua profesora mía, amiga de la familia, había movido los hilos para que consiguiera el puesto. Era una suerte, dije, porque justo acababa de sacarme el título, como quien dice.

Bueno, bueno, bueno, me interrumpió Teresa súbitamente seria. No era solo debido a la intermediación de esa profesora, dijo, sino, sobre todo, a mi formación y méritos propios. Mis referencias eran excelentes, excelentes, repitió, aunque yo no supe a qué se refería, porque mi currículum estaba absolutamente pelado. Beni, rígida a causa del corsé ortopédico que se veía obligada a llevar, se puso aún más rígida y añadió que había que ser prudente con lo que se decía. La expresión que yo había utilizado, *mover los hilos*, era sumamente desafortunada, porque predispone a la gente a denunciar amiguismo donde no lo hay. La función pública no es permeable al enchufe, sentenció, dado que se asienta en una línea recta, la de la transparencia, y ¿sabía yo cómo era esa línea? Se respondió ella misma contando con los dedos: primero, convocatoria; segundo, requisitos; tercero, adjudicación. Por no hablar de que lo mío era una interinidad por vacante, es decir, un puesto transitorio. Al verdadero funcionariado solo se accede por oposición, cosa que, ya que estábamos, quizá debería ir considerando.

El Monago, muy en su línea, no aportó nada al debate. De vez en cuando me miraba inexpresivo, pero si yo lo miraba a él enseguida apartaba la vista. En general, permanecía sumido en sus propios pensamientos, inspeccionando no sé qué entresijos a través de sus gafas con gruesos cristales, mientras se acariciaba el mentón con parsimonia. Desayunaba solo un café muy cargado, a veces dos, y luego unos pictolines a los que daba vueltas en la boca y que le duraban una eternidad. Olía a tabaco de pipa, ahumado y dulce; su silencio, toda su actitud en verdad, me intimidaba un poco. Al parecer era él quien redactaba los discursos que luego pronunciaban los políticos. Sabía manejar la retórica, *le mot juste*, como especificó una vez. A mí eso me resultaba muy extraño, que alguien importante suelte por su boca palabras que escribió otra persona para dar la impresión de ser más inteligente o sagaz de lo que es. Me sorprendía que pudiera ser un trabajo a jornada completa, ocho horas al día y once meses al año, como al parecer era.

Que me acostumbrara a ver a diario al jefe de negociado número dos no significaba que no me hiciera preguntas sobre él. Me las hacía. Preguntas como: ¿a qué se dedicaba en concreto? Dado que era jefe, ¿de quién o quiénes? ¿Qué hacía tantas horas metido en su despacho, tan callado? ¿Nunca necesitaba ir al servicio o a comer algo? A veces me concentraba en escucharlo, lo espiaba. Sus horas de llegada eran tan inamovibles que bien podrían haberme servido de reloj. Lo veía aparecer: las diez y media. Irse: las dos y media. ¿Solo cuatro horas al día? Solo cuatro horas al día. Al llegar me mostraba su perfil derecho; al irse, el izquierdo; no eran perfiles idénticos, entre ellos podía percibirse una asimetría inquietante. La diferencia quizá tenía que ver con la línea de la mandíbula, aunque probablemente no se debía solo a un rasgo físico, también había algo espiritual, una pequeñísima variación que se manifestaba en la expresión del rostro, ensimismado al llegar y aliviado al marcharse. Yo no sabía cómo era su cara. Nunca lo había visto de frente. En realidad apenas lo veía, me limitaba a mirarlo de reojo, un vistazo rápido como un disparo, tratando de hacer una fotografía mental. Él me miraba del mismo modo: un fugaz examen cortísimo pero concentrado, como un clic, dos instantáneas al día, diez por semana. Pero yo cambiaba de ropa cada mañana, cambiaba de peinado, mientras que él siempre llevaba el mismo abrigo negro, los mismos mocasines polvorientos y el mismo pelo oscuro y esponjoso, canoso por las sienes. Él decía siempre *buenos días* y yo respondía de distintas maneras: *hola, buenos días, qué hay* o incluso *qué tal, cómo está*; intentaba ofrecer más variedad, un repertorio amable, mientras que sus saludos sonaban programados como los de una máquina. El día en que apareció más tarde de lo habitual estuve a punto de preguntarle si había tenido algún problema. Saludar como siempre me resultó de pronto descortés, como si alguien se cayera y se levantara del suelo a duras penas y nadie se preocupara por si se ha hecho daño. Pero por supuesto eso fue lo que hice, saludar como siempre sin preguntar nada.

Orgulloso, imponente, nuestro edificio-tarta se elevaba en mitad de un recinto que me dediqué a ir explorando poco a poco. A un lado, se extendían las plazas de aparcamiento para quienes tenían derecho a ellas; al otro, un frondoso jardín con árboles de sombra, elegantes palmeras y filas de adelfas por donde los funcionarios salían a estirar las piernas o a fumar entre horas. Para acceder al recinto había que atravesar unos tornos de control que funcionaban con lectores de tarjeta, aunque, si por la razón que fuera, quien quisiera pasar no tuviera tarjeta –porque no la llevara encima en ese momento o porque, como en mi caso, aún no se la hubieran entregado–, también podía teclear un número de identificación personal. A mí, el primer día, los vigilantes de la garita contigua me preguntaron dónde iba, pero luego debieron de memorizar mi cara, porque ya nunca más tuve restricciones, se limitaban a mirarme inexpresivamente y me dejaban pasar sin poner reparos. Los funcionarios que llegaban en coche utilizaban una entrada más ancha, también con torno. Bajaban la ventanilla, validaban la tarjeta y se metían dentro a ocupar su plaza.

A este procedimiento lo llamaban, indistintamente, picar o fichar, y en las conversaciones era un tema recurrente, aunque los tornos siempre estaban abiertos y mucha gente los cruzaba sin más. Eso ocurría por el acceso de la derecha, que era el de la entrada de los funcionarios; cuestión distinta era el acceso izquierdo, destinado a los visitantes, es decir, a todas aquellas personas que venían a hacer sus trámites, entregar documentos, pedir certificados o presentar instancias, y que tenían que cumplir una serie de requisitos de seguridad. De la existencia de este segundo acceso solo me di cuenta el día en que observé cómo un vigilante desviaba hacia su sitio a uno que se había intentado colar por nuestro lado; una simple ojeada debió de bastarle para identificar al intruso. Me impactó su capacidad de discernimiento, la rapidez de su actuación y comprendí que, lo que yo había juzgado descontrol, estaba en realidad bajo una férrea supervisión.

Beni decía que, aunque los tornos estuvieran abiertos, era necesario picar. Necesario no, obligatorio, por los imperativos del cumplimiento horario. Entonces, ¿por qué están abiertos?, quise saber yo. Para facilitar el paso y evitar congestiones, intervino Teresa, imagina qué colas se formarían si todo el mundo intentara fichar al mismo tiempo. Pero no todo el mundo se presenta al mismo tiempo, repliqué, yo veía –o más bien percibía– el continuo runrún de las llegadas, había madrugadores que estaban desde las siete y media y otros que no asomaban por allí hasta las diez o más; había quien a la una y media ya se estaba largando y quienes se quedaban porque tenían jornada de tarde. Pues lo que te estoy diciendo, zanjó Teresa, que es imposible que todo el mundo entre y salga a la vez, imposible *humanamente* y *técnicamente*, ¿tú te haces una idea de cuántos centenares de funcionarios trabajan aquí? Ni remotamente, respondí, ¿cuántos? Dado que nadie hizo caso a mi pregunta, tuve que repetirla: ¿cuántos?

Beni, tras un breve silencio, explicó que no se podía considerar solo a los funcionarios, no en el sentido habitual de personas-con-puesto-fijo-para-toda-la-vida. Allí dentro también trabajaban interinos, laborales, eventuales, asesores, *peeledés*, cargos de confianza, personal contratado a empresas externas y otro sinfín de variantes que iban y venían, yo misma era un buen ejemplo de esa heterogeneidad. Por eso es imposible dar un número exacto, ¿comprendes?, me dijo, aunque yo me hubiese dado por satisfecha con uno aproximado.

Tuve la sensación de que el procedimiento de picaje era mucho más espinoso de lo que todos querían reconocer. Sus respuestas no tenían ni pies ni cabeza, no había que ser una lumbrera para darse cuenta, pero renuncié a seguir indagando. Resultaba evidente que el tema les resultaba incómodo y que entre ellos había desacuerdos. Beni se mostraba en tensión, Teresa contrariada, y en cuanto al Monago, ahí estaba, retorciéndose sin más las puntas del bigote y masticando con tranquilidad sus pictolines, como si esa cosa del picaje, tan mundana, no tuviera nada que ver con él.

Una mañana, antes de que llegara el jefe de negociado número dos, me asomé a cotillear al pasillo. Pasé por delante de su despacho, pegué la nariz al cristal esmerilado y observé. Lo que pude ver dentro fueron las cuatro cosas típicas de un despacho, la mesa, el sillón, el perchero, un armario, todo muy limpio y ordenado, pero también fantasmal, como si los objetos, deformados por los gránulos del cristal, soportaran una lluvia que solo caía ahí dentro, en ese rectángulo. Obedeciendo a no sé qué impulso, cedí a la tentación de abrir la puerta y giré el pomo. La llave estaba echada. En el fondo, mejor, pensé, porque esa curiosidad no me iba a traer nada bueno. Los otros dos despachos, a los que también me asomé, eran parecidísimos y también estaban cerrados bajo llave. Caminé hacia el cuartito del fondo y descubrí que esa puerta sí podía abrirse, probablemente porque lo que se escondía detrás carecía de interés para mí. Eran archivadores AZ colocados en desorden en una desvencijada estantería metálica. En algunos ponía, escrito a mano, pliegos de condiciones, en otros licitaciones, en otros recursos, en otros prescripciones técnicas. Eran papeles antiguos, del año catapún, y olían a perro mojado.

Me avisaron de que ya tenía lista la tarjeta de acceso al edificio. Fui a buscarla, como quien va de excursión, al departamento encargado de ese tipo de trámites, que estaba en la otra punta del edificio, en un semisótano. Me despisté por el camino. El ascensor que cogí paraba en la planta baja y en el sótano, pero no en el semisótano. Tomé una escalera de emergencias y caminé sin rumbo hasta llegar a una larga dependencia llena de mesas idénticas, como pupitres de colegio, con delgados flexos de escritorio fijados al tablero. Los funcionarios allí tecleaban en silencio y sin levantar la vista, muchos de ellos con auriculares. Concentrados, un poco encorvados, trabajaban bajo la iluminación artificial, mujeres y hombres de mediana edad con la piel de aspecto plastificado, amarillenta o grisácea según cada cual, muy diferentes a los funcionarios que yo solía ver en mi departamento o en la cafetería. Me di la vuelta y pregunté a una limpiadora que, sin mucho convencimiento, me dio unas indicaciones que resultaron incorrectas o que yo no supe interpretar. Cuando por fin localicé el sitio, el funcionario que me atendió me inspeccionó de arriba abajo antes de declarar que ese no era el procedimiento adecuado. Yo no podía llevarme la tarjeta sin más, no en ese momento, sino que *ellos* tenían que enviármela a *mí* en un sobre cerrado con unas credenciales para su desbloqueo, así como un certificado que debía firmar para acreditar mi identidad. ¿Cómo se me había ocurrido que pudieran entregar tarjetas de acceso a cualquiera que se presentara así por las buenas? Tenían que hacerlo a través de un ordenanza y con nota interior; no por capricho, puntualizó, sino para preservar las garantías procedimentales y la seguridad interna. Entonces, quise preguntar, ¿cómo es que yo ya estaba dentro?, ¿qué había pasado ahí con la seguridad interna? Me callé porque se notaba que aquel hombre habría encontrado respuesta para cualquier comentario que le hiciera, y volví a mi departamento dando otro rodeo, por un itinerario en parte igual y en parte diferente al de la ida, subida por escalera y bajada en ascensor y otra vez subida por escalera, sin la menor idea ya de dónde se encontraba la dependencia por la que había pasado minutos antes, la de los funcionarios silenciosos, como si el edificio se los hubiera tragado por completo o como si solo hubieran sido un mal sueño.

Era verdad que, por aquello de las garantías procedimentales, todo se movía a través de notas interiores. Tanto si se solicitaba un documento como si se recibía hacía falta una nota. Si se daba una orden de trabajo o se realizaba cualquier otro tipo de petición de carácter laboral, también. Para comunicar datos, hacer notificaciones o trasladar expedientes, por supuesto. Las notas interiores o de régimen interno eran cartas muy breves y profesionales. Para redactarlas se usaba una plantilla, no tenían ningún misterio, dijo Teresa. En los últimos tiempos, gracias al Hermes, se hacían en un pispás, se le daba a enviar y zas, llegaban a su destino en un momento. ¿El Hermes?, dije yo. El Hermes, el Hermes, insistió ella, el programa informático que se usa en todas las administraciones públicas para las notas interiores, ¿cómo es que no lo conocía? Me apremió para que contactara con el área de informática y me lo instalaran lo antes posible, metiéndome mucha prisa inútilmente, porque, como supe después, yo no podía dirigirme al área de informática si no era a través de nota interior, para lo cual necesitaba el mismo Hermes que les estaba solicitando. Tenía que ser la propia Teresa quien, como superiora mía, hiciera la petición por mí, una formalidad que le llevó unos cuantos días.

El técnico que finalmente me lo instaló era el mismo que me había puesto el teléfono, aquel pelirrojo que todavía no sabía si catalogar como joven o viejo. Él no decía

Hermes, como Teresa, sino *hirmes*, con i, a saber la razón. Todo el tiempo que estuvo ante mi ordenador tecleando comandos, yo me lo pasé arriba y abajo curioseando, porque ¿qué otra cosa podía hacer?

Asomé la cabeza un par de veces por el pasillo de los jefes de negociado, con su única luz, la del segundo despacho, encendida. Pregunté al pelirrojo: ¿sabía él por qué los otros dos despachos siempre estaban vacíos? ¿Qué despachos?, murmuró sin dejar de teclear. Los de ahí al lado, señalé, los de los jefes de negociado. Y yo qué sé, dijo, y resopló. Que por qué no se lo preguntaba a los de mi departamento, añadió, era mucho más lógico que preguntárselo a él, que solo se dedicaba a instalar programas y limpiar virus. Dijo limpiar virus como si hubiera dicho limpiar letrinas, y ahí noté que estaba quejándose. Me dieron ganas de decirle que, por poco meritorio que le pareciera su trabajo, al menos no se aburría, pero temí que se fuera a molestar aún más. Él continuó murmurando como para sí: me paso el día arreglando ordenadores, que si no se enciende, que si hace un ruidito, que si va lento... Apretaba la mandíbula al hablar, o, mejor dicho, al terminar de hablar, cuando sus labios casi desaparecían y se le manifestaba en la cara el viejo que llevaba dentro. Pero después, en tan solo unos segundos, se relajaba y movía la lengua dentro de la boca, concentrado en lo suyo, y entonces era joven, tanto como yo. Llevaba una sudadera con capucha y un anillo de plata en el pulgar derecho que resonaba al chocar contra el teclado, suavemente, *tic tic tic*. ¿Cómo te llamas?, pregunté, y él, tras unos segundos de vacilación, dejó de hacer lo que estaba haciendo, se volvió hacia mí, me contempló con apatía y dijo Víctor, pero sonó como una especie de insulto, como déjame en paz o cállate, zorra, así que lo dejé en paz y me callé.

El tapizado de mi silla estaba desteñido por el uso. No era una silla nueva, eso ya lo noté desde el principio, pero hasta aquel momento no me había fijado en la silueta de aquel otro culo que no era el mío y que se había sentado allí durante no sé cuánto tiempo para desempeñar no sé qué tareas. ¿O quizá habían sido varios culos en las distintas vidas de la silla? Me acerqué a estudiar el asiento, que era azul cobalto por los bordes, azul acero en la zona intermedia y casi celeste por el centro: una gradación con forma de media manzana. ¿Culo de hombre? ¿Culo de mujer? ¿Culo gordo, flaco, joven, viejo? ¿Suma de culos? ¿Culo de funcionario, de interino, de personal eventual?

Si algo tenía claro es que allí no se había sentado ningún jefe de negociado ni ningún asesor. Ellos, en sus despachos, contaban con mejores modelos, como yo ya había tenido ocasión de comprobar. Sillones con respaldos reclinables, cabezal para el cuello, reposabrazos tapizados en piel y ruedas que giraban con suavidad, no como las de mi silla, que siempre se atascaban e iban a trompicones.

Quizá estos jefes de negociado y asesores, antes de llegar a ser lo que eran, también habían pasado por sillas como la mía, dada la gran movilidad de la que tanto hablaban mis compañeros en el desayuno: nombramientos, ceses, ascensos, concursos de traslado.

Mi silla tenía una historia, aunque, bien pensado, era una historia vulgar, de culos que se sentaron en ella antes de ir a sentarse en otros sitios. Ahora yo sentaba el mío y esperaba dibujando manzanas.

Como seguía sin respuesta, pregunté a mis compañeros de desayuno por los jefes de negociado ausentes. ¿Cuáles?, dijeron haciéndose los tontos. Me vi obligada a explicarlo varias veces: los despachos desocupados que estaban a la vuelta de mi mesa, insistí, ¿de quiénes eran?

Se miraron entre sí, sonrieron con sorna. El Monago carraspeó. Dijo: difícil de explicar, pero, sobre todo, aburrido de escuchar. Era una frase que repetía a menudo y con la que solía despachar todo aquello que no le interesaba. Teresa se ahuecó el pelo, pestañeó teatralmente como aludiendo a algo sospechoso, pero no soltó prenda. Solo Beni se esforzó en darme algún tipo de aclaración. En el organigrama del personal de nuestro departamento, dijo, había ramas obsoletas desde hacía años, pero como la *errepeté* no se puede modificar de un día para otro, ¿qué sucede? No sé, dije para que continuara –Beni solía expresarse así, a través de preguntas que ella misma contestaba–. Pues que se quedan como vestigios del pasado, son puestos *a extinguir*, pero mientras sí, mientras no, ahí siguen. ¡Vaya si siguen!, soltó al fin Teresa, como si ya no pudiera aguantar más. Y si son puestos obsoletos, ¿qué funciones tienen ahora?, preguntó Beni. No sé, respondí yo. ¡Ninguna!, contestó chasqueando los dedos.

Ellos, en cuanto asesores sobrecargados de trabajo, se sentían agraviados por esa situación. Yo no terminaba de comprender de dónde surgía el agravio, dado que esos puestos estaban desocupados, ¿no era así? Ah, no, corrigió Teresa: lo que está desocupado son los despachos, los puestos no, una cosa son los despachos y otra muy diferente los puestos. Los dueños de esos puestos son unos caraduras que vienen cuando les da la gana o no vienen nunca o se inventan bajas médicas por estrés, es una vergüenza. Pero si no tienen funciones, argumenté, ¿qué más da que vengan o no? ¿Cómo que qué más da?, dijo Teresa, y lo repitió echando la vista al techo: ¿cómo que qué más da, *Sada* de mi alma? Esas faltas de asistencia, más allá de toda consideración, eran una desfachatez, bajo ningún concepto podían tolerarse. Pero se toleraban, me dije, y me quedé pensando.

O sea, que el jefe de negociado número dos no hacía nada. ¿Era eso lo que estaban insinuando mis compañeros? Sonaba exagerado, pero encajaba con mis impresiones. Sin embargo, me costaba catalogarlo como un *caradura*. No tenía aspecto de haber elegido con libertad sus circunstancias. Al revés, parecía avergonzado, fuera de lugar. Apesadumbrado. Sometido también. Resignado. Yo tampoco hacía nada y tampoco había elegido esa inactividad. Cuando le preguntaba a Teresa qué hacer ya no me contestaba con tanta amabilidad como al principio. Ahora había un rastro de fastidio en sus palabras, como si mi pregunta la distrajera de resolver todas las gestiones importantísimas que tenía a su cargo. Hacía un gesto con la mano que es el mismo que se hace para ahuyentar a las moscas, un gesto que significaba algo así como: chica, organízate por ti misma, no pretenderás que te lo tenga que solucionar todo.

En un arranque de iniciativa, redacté un documento con información que recopilé acerca de las OMPA de otros organismos, comparando sus características mediante gráficos y tablas atiborrados de todos los datos que pude reunir. Eso me tuvo entretenida un par de días, pero luego no supe qué hacer con el resultado. Mi intuición me decía que era mejor no enseñarlo, pero aun así lo imprimí y se lo llevé a Teresa cuando tuvo a bien recibirme. Dejé el documento encima de su mesa y ella lo miró sin tocarlo, echándose hacia atrás en el respaldo del sillón, como si le hubiera soltado un sapo repulsivo allí mismo, ante sus ojos. ¿Qué es *esto*?, preguntó, pero no me dejó explicarme, solo conseguí articular un par de frases que cortó de inmediato. ¿Quién te ha pedido que hagas *esto*?, preguntó. Tú no tienes ni idea de cómo funciona la administración, ¿verdad?, y obviamente no era una pregunta, así que me abstuve de responder. Esto, dijo cogiendo el informe por la esquina de la grapa y volviendo a soltarlo luego con mucho escrúpulo, es un trabajo que corresponde a otro departamento, no debes hacerlo tú porque es de *ellos*. Ah, no sabía que ya se hace, dije. No, no se hace, me corrigió. Pero *si se hiciera*, si algún superior decidiera que *debe* hacerse, serían *ellos*, los de ese departamento, los encargados, no yo. Yo no podía atribuirme las funciones que me diera la gana así porque sí, porque entonces estaba *pisoteando* a los compañeros incluso sin pretenderlo. Ella sabía que mis intenciones eran buenas, no dudaba de la bondad de mis propósitos, pero ¿por qué no me ceñía a mis competencias y dejaba de entretenerme y experimentar?

Pero yo estaba perdidísima respecto a mis competencias. Perdidísima respecto a todo, en realidad. Las ideas que me había figurado sobre el trabajo de oficina distaban mucho de lo que iba descubriendo cada día. Había imaginado una maquinaria bien engrasada, un mecanismo donde había que colocar una pieza que faltaba, y esa pieza era yo. Si resultaba ser o no el trabajo de mis sueños era lo de menos, porque yo no pensaba en esos términos. Era, en todo caso, el empleo que me proporcionaría la vida que todavía no había podido tener, la vida de la emancipación y de la libertad. Una oportunidad que se me estaba brindando y que yo había acogido con regocijo, cómo si no, pensando en el futuro, aunque el futuro ahí, tal como me acababa de demostrar la reacción de Teresa, era imprevisible.

El día en que recibí el aviso del banco con mi primera nómina ingresada tuve una sensación muy extraña. La cifra que estaba ahí, en la pantalla, me parecía una curiosa broma, aunque, por otro lado, sabía con certeza que no era un error. Correspondía a un mes y medio porque yo ya llevaba allí un mes y medio, es decir, había un sueldo completo y una cantidad adicional que se catalogaba como atrasos. La nómina detallaba complementos y retenciones con códigos solo para entendidos, pero, más allá de estas consideraciones, era dinero, más del que yo había tenido nunca, tanto que me costaba sentirlo como mío. Disponer de ese dinero en mi cuenta me produjo un picorcillo interno de culpabilidad, pero también un pequeño orgullo. Ahora podría colaborar en los gastos de la casa, pensé, y también comprarme un bolso nuevo, unas zapatillas, un par de libros, posesiones en las que no había pensado hasta el momento pero que de pronto me permití desear.

Poco después, Teresa me llamó a su despacho. Buenas noticias, dijo, Echevarría ya se ha manifestado. Por su forma de anunciarlo, con la mirada elevada y las palmas de las manos formando un triángulo, me hizo pensar en la revelación de un espíritu, un acontecimiento de carácter sagrado ante el que no quedaba esperar más que una reverencia. Echevarría estaba dispuesto a conocerme y ponerme cara, dijo, debía pasarme a verlo cuanto antes, pero lo más importante, lo más *emocionante*, era que ya contábamos con el Primer Borrador de Plan de Acción. Me pidió que me sentara y extendió frente a mí unos cuantos papeles con diagramas de colores y flechas que los cruzaban, dándome explicaciones sobre un procedimiento de actuación que calificó de *altamente garantista* y, por tanto, *razonable y ecuánime*. Piensa en una pirámide, dijo. ¿Sí? Bien, pues yo estaba en la base de la pirámide, lo cual constituía un honor si se consideraba la cantidad de peso –de responsabilidad– que se depositaría directamente sobre mí. A mí, en tanto base piramidal, me llegarían las reclamaciones que enviaran los ciudadanos. Yo las registraría y las pasaría al siguiente nivel, esto es, a ella, y, posteriormente, al nivel superior, un comité de siete sabios imparciales. Gracias a esta sabiduría e imparcialidad, y apoyado en los informes pertinentes, el comité tomaría una decisión final respecto al reclamante: darle la razón, no darle la razón o reconocer su incapacidad para darle o no darle la razón. Echevarría, en cuanto responsable administrativo máximo, daría fe del acuerdo en la correspondiente resolución. El archivo final del expediente, con el que el ciclo se cerraba, sería función de la base, es decir, mía. Todo nace y todo acaba en ti, resumió Teresa y rió: ¿no era eso lo que decía una canción?

Tomé notas, planteé algunas dudas, pero Teresa no parecía saber más de lo que ya me había dicho. ¿Es como un servicio de atención al cliente?, pregunté, y a ella se le ensombreció el rostro: ¡cómo podía hablar de clientes, se trata de *ciudadanos*! Sí, lo sé, dije, me refería al objetivo, ¿es una manera de atender a gente que está insatisfecha con lo que hacemos? ¿De resolver sus problemas? Pero en vez de responderme, Teresa se puso a hablar otra vez de la modernización administrativa; era como si cada una utilizara un idioma distinto y yo necesitara traducir sus palabras al mío, o quizá no, quizá mi cometido era aprender ese idioma nuevo y manejarlo como ella, con soltura. ¿Y ahora qué es lo siguiente?, pregunté. Tranquila, me dijo, los egipcios no construyeron las pirámides en un día. El área de informática tenía que *ultimar* el diseño de un programa específico de tramitación. Luego había que esperar a que se designara a los siete miembros del comité, aunque esto último no era asunto nuestro, sino de las altas esferas, dijo poniendo los ojos en blanco. ¿Entonces? Entonces nada, a seguir preparándonos, aunque yo no sabía a qué se refería con *prepararnos*. Volví a mi mesa, pasé a limpio el esquema con mis notas y dibujé debajo una pirámide. Con una chincheta colgué mi trabajo en la pared y lo estuve mirando un buen rato.

Eso era todo lo que yo me podía preparar.

La puerta del despacho de Echevarría era de color beige, tenía un redondo pomo plateado y el marco del mismo azul institucional que el resto de las puertas del resto de los despachos: azul cobalto como el del asiento de mi silla por las partes no desgastadas, aquellas donde jamás se había apoyado culo alguno, un azul virginal y puro. Me pasé enfrente de esa puerta mucho tiempo, en la antesala donde se sentaba también una secretaria, ella en su silla giratoria y yo en un sillón tan bajo que me veía obligada a flexionar las piernas hasta que las rodillas me quedaban a la altura de la nariz, o a cruzarlas aparatosamente en una postura ridícula. Un día esperé una hora, otro cuarenta minutos, otro cincuenta y cinco, otro hora y cuarto. Hubo días en que estuve esperando sin la seguridad de que Echevarría verdaderamente estuviera dentro.

Su secretaria, Salu, era una mujercita delgada con la nariz ganchuda y el pelo ralo que trabajaba un montón. Todo el tiempo que yo estaba en la antesala ella no paraba de teclear, atender llamadas –a veces dos o tres simultáneamente–, transmitir recados, abrir y cerrar la puerta, fotocopiar, escanear y grapar, y todo lo hacía con un aire eficiente y resignado. Cansada estaba, eso era palpable, y yo pensaba en lo mal repartido que está el mundo. Me decía siéntate ahí a ver si encuentra un momento y te atiende, pero no había ninguna convicción en sus palabras. Más adelante descolgaba el teléfono, recibía una instrucción y me decía, con tono de lástima, hoy no va a poder ser.

Esperar frente a aquella puerta se convirtió en parte de mi trabajo, en tanto que ocupaba mi jornada laboral, es decir, era un tiempo remunerado aunque a efectos prácticos yo no estuviese haciendo absolutamente nada. Mi mirada se limitaba casi en exclusiva a la puerta, que percibía con una agudeza que dolía. Era capaz de captar todos los detalles al mismo tiempo y también por separado, aislándolos para inspeccionar cada matiz. Observaba, por ejemplo, una mancha que había en la parte baja, casi pegada al suelo, una sutil rozadura que seguro que podía quitarse con facilidad restregando con estropajo y jabón, pero que nadie se molestaba en quitar. La miraba y miraba y me obsesionaba con no mirarla, o me obsesionaba con limpiarla, y empezaba a preguntarme si podría aprovechar cualquier ausencia de Salu para frotar a toda velocidad y eliminarla, como si la desaparición de aquella mancha fuera la auténtica razón de mi espera.

Una vez Salu me hizo un gesto con el dedo para que me acercara a su mesa, me colocó sus auriculares de diadema y me preguntó qué interpretaba yo después de la palabra *debate*, porque ella tenía serias dudas. Era la grabación de una reunión y quien hablaba en aquel momento era Echevarría, yo ya reconocía su voz por haberla escuchado tras la puerta. Sonaba mitad alterado, mitad ofendido, mientras decía *así no vamos a llegar a ningún lado, porque, a ver, que está el debate empoziñao*. Me bajé los auriculares, miré con curiosidad a Salu, pregunté: ¿*empoziñao*? Sí, eso es lo que yo oigo, dijo ella, pero ¿*empoziñao* qué es? Habrá querido decir *emponzoñado*, aventuré yo, lleno de veneno. Claro, claro, eso encaja, murmuró ella para sí. Tenía el poco pelo hecho un desastre de tanto ponerse y quitarse los auriculares, me dio pena porque se le notaba el afán de hacer las cosas bien. Escuchamos de nuevo la frase entera, primero una y luego la otra: *así no vamos a llegar a ningún lado, porque, a ver, que está el debate empoziñao, no se han puesto las bases claras, están buscando, pues eso, plantarnos la zancadilla para que nos equivoquemos*. Emponzoñado, acordamos con una sonrisa.

Como se la veía contenta, aproveché para entablar

una conversación. Le pregunté si cuando localizaba un error lo corregía al transcribirlo o si lo dejaba tal cual con la anotación *sic* entre paréntesis. Hombre, me dijo, eso sería como refregarle por la cara su error a un superior, aquí de lo que se trata es de hacer el trabajo más limpio posible, y yo entendí que limpio significaba educado. Luego le pregunté si había que transcribir las reuniones completas o solo las partes más jugosas, y ella alzó una ceja: ¿jugosas? No soy yo quien decide qué está jugoso y qué está seco, ni que una reunión fuese un bistec. Entonces, ¿tenía que transcribirlo todo?, insistí. Todo, todo, respondió como si ya me estuviese inmiscuyendo demasiado. ¿No se tarda mucho?, pregunté. Salu, con los auriculares encasquetados otra vez, respondió en voz muy alta y sin mirarme: SE TARDA LO QUE SE TARDA. Yo, aun a riesgo de excederme, cuestioné el sentido de tanto esfuerzo y le pregunté si de verdad alguien leía las transcripciones. Ella, sin parar de teclear, dijo: A MÍ ME PAGAN LO MISMO LAS LEAN O NO. Cuando le pregunté por qué no utilizaba algún programa de reconocimiento de voz, se quitó los auriculares y dejó escapar una breve carcajada: porque esos programas cometen errores y aquí no podemos permitirnos errores. Y además, este es mi trabajo, añadió con mucha dignidad.

Teresa echaba pestes de aquella secretaria, a la que a sus espaldas llamaba la Poquita, porque, en su opinión, no valía gran cosa. Decía que era ineficaz y maleducada, que Echevarría merecía tener cerca a alguien mejor. A mí no me parecía ni ineficaz ni maleducada, a mí me caía bien aunque no fuese muy habladora. Quizá era a Teresa a quien le hubiera gustado estar cerca de Echevarría, aunque probablemente no a costa de hacer transcripciones ni fotocopias, no me la imaginaba batallando con esas tareas.

No es que Teresa fuese una criticona. No exactamente. Pero si alguien le caía mal, era implacable. A Jenny, por ejemplo, no la podía ver ni en pintura. Jenny era una limpiadora que llevaba las uñas pintadas de colores –una azul, una verde, una rosa, etc.–, escuchaba música con cascos y a veces se pegaba un baileteo con la fregona. Que se escaqueara y limpiara solo por encima tenía un pase, pero ¿usar los teléfonos para llamar al extranjero? ¡Eso eran palabras mayores! Yo pregunté para qué querría Jenny llamar al extranjero y Teresa me dijo: porque viene de allí, habla con sus hijos. Por más que una quisiera entender sus circunstancias, dijo, el coste de las llamadas era altísimo y quedaba en el registro de gastos de los funcionarios, desprestigiándonos. Además, algunas cosas de Jenny no le cuadraban. Una vez la oyó alardear de haberse ido de crucero por las islas griegas. Si tenía dinero para un crucero no podía justificarse que usara nuestros teléfonos, ¿no?

Con otras limpiadoras, sin embargo, Teresa era toda buenas palabras. Alababa su buen hacer, les regalaba la ropa que ya no le sentaba bien o las ayudaba a resolver trámites administrativos, dejándose la piel si era preciso. Lo que más valoraba en ellas era su discreción, que no tocasen los papeles de su mesa y que limpiaran sin molestar. Ciertamente, las limpiadoras trabajaban en un visto y no visto, rápidas y eficaces, con su uniforme verde claro, pantalón y camisa, y zuecos blancos. Usaban grandes mopas abrillantadoras para el suelo, cubriendo la superficie de una sala en apenas dos pasadas, y amplias bayetas que dejaban impolutas las mamparas separadoras de los departamentos. Vaciaban las papeleras del aseo y limpiaban los inodoros, los lavabos y los espejos, dejando tras de sí una nube de olor a pino químico. Al estar en movimiento todo el día, no tenían frío. Solo a veces hacían una parada y charlaban entre ellas. O salían fuera y fumaban, y entonces se echaban una rebeca sobre los hombros y se frotaban las manos para calentarse.

Yo me preguntaba cuántas cosas sabrían de nosotros. Si pudiera transformarme en una limpiadora durante unas horas, pensaba, aprovecharía para inspeccionar la mesa del jefe de servicio número dos. Pero también la de Teresa. Y la del Monago. Y la de Beni. Sacaría conclusiones.

Echevarría resultó ser un señor en mangas de camisa que se repantigaba tras una amplia mesa de madera brillante y miraba no sé a dónde, porque a mí no. Esa mañana, inesperadamente, había decidido recibirme, aunque no parecía tener mucho que decir. Me despachó muy rápido explicándome en voz más alta de lo necesario cosas que yo ya sabía sobre la puesta en marcha de la OMPA, los procesos de modernización y resiliencia administrativas, el comité de sabios y todo lo demás, para enseguida pasar a expresar una serie de opiniones contundentes, como que la gente se ha malacostumbrado y cada vez exige más a la administración, que incluso cuando no hay motivos para quejarse, la gente se queja, y que éramos –¿quiénes?– una generación narcisista acomodada en el papel de víctima. Yo me limité a observarlo sin replicar, entendiendo que esa firmeza era lo que tanto encandilaba a Teresa, lo que debía de resultarle tan interesante y viril, además del pelo peinado hacia atrás con húmedos caracolillos en la nuca y la camisa abierta hasta el tercer botón, dejando a la vista un buen montón de vello sobre el pecho. Achicando los ojos, con gesto de perspicacia, me lanzó dos o tres preguntas trampa, sin darme tiempo a responder. Me llamó *Sada* porque yo, con los nervios, dije *Sada*. A ver, *Sada*, de ti esperamos lo mejor, dijo, y aunque se suponía que era un elogio, yo lo interpreté más como advertencia. Atendió una llamada urgente volviéndose en su silla giratoria, habló de espaldas a mí mirando a través del ventanal, hacia donde yo también miré, una explanada gris y verde y muchísimo cielo, un cielo eterno, y una bandada de patos desorientados que lo cruzaba. Sí, decía, pero tiene que ser ya, decía, ¡no se puede aplazar más!, decía, y luego colgó y se me quedó mirando como si acabara de llegar: le habían bastado solo dos minutos para olvidarme. Instrucciones concretas, como yo había confiado recibir, no me dio. Bueno, me dije, he aquí una pauta: desde que llegué había esperado que algún superior me guiara como un pastor a su oveja, primero Teresa y luego Echevarría y mañana Dios sabía quién, pero los superiores no se mostraban dispuestos a guiarme; enfrascados en sus propios asuntos, yo les estorbaba. Esto me dejaba en pañales ante cualquier inspección o petición de responsabilidades, porque ¿qué había hecho yo en los más de dos meses que llevaba ahí?

Nada.

Para mí el frenillo nunca fue un problema. De niña no me quedó otra que enfrentarme a mis dificultades con *datas*, *pedos* y *dosas*, pero en mi mundo adulto me apañaba, no pasaba de ser una particularidad que como mucho provocaba alguna burla a la que no hacía el menor caso. Ahora, en el mundo profesional, era otra cuestión. Pronunciaba *Echevadía*, por ejemplo, o *pdocedimiento*, y parecía medio tonta. Muchos años atrás, una logopeda me había puesto una tabla de ejercicios fonatorios aburridísimos, tipo repetir palabras y chasquear la lengua rítmicamente. Yo era poco constante y no sirvió de nada, pero ¿y si los retomaba ahora? ¿Funcionarían? Tiempo, desde luego, me sobraba, aunque cualquiera que me viese hablando sola me tomaría por loca. Busqué en internet ejercicios silenciosos que pudieran solucionar mi rotacismo, nombre técnico de mi problema en el frenillo, y llegué a una web donde se describían todo tipo de trastornos del habla mucho más graves y preocupantes que el mío, con detallados dibujos del aparato fonador. Yo lo ignoraba todo sobre el aparato fonador. No sabía, por ejemplo, que las cuerdas vocales forman parte de la glotis. Tampoco que hay una supraglotis, una subglotis y una epiglotis, y que depende de qué parte esté dañada se habla de una forma o de otra. Estaba absorta aprendiendo todo esto, tratando de reproducir los dibujos en mi cuaderno, cuando sin previo aviso surgió a mi lado Víctor, el informático. Quise minimizar la pantalla, pero el equipo tardó en responder y para entonces ya era demasiado tarde. Él había visto lo que yo miraba y, si había pensado lo que yo pensaba, era para morirse de vergüenza, porque una glotis es lo más parecido que hay a una vagina, en concreto a una vagina abierta, con los labios mayores y menores ahí expuestos. Me puse colorada, lo que empeoró la situación. Él explicó impasible que me iba a instalar un nuevo programa informático, el RPlic@, precisamente el programa de tramitación de la OMPA que tanto tiempo llevábamos esperando. Me retiré para que hiciese lo que tuviese que hacer con mi ordenador y, clavando los ojos en su nuca pecosa, tragué saliva. Luego, para darme ánimos, decidí que, por mí, lo que pensara o dejara de pensar ese pelirrojo tan estirado era irrelevante y que después de todo un coño no es menos digno de atención que una glotis.

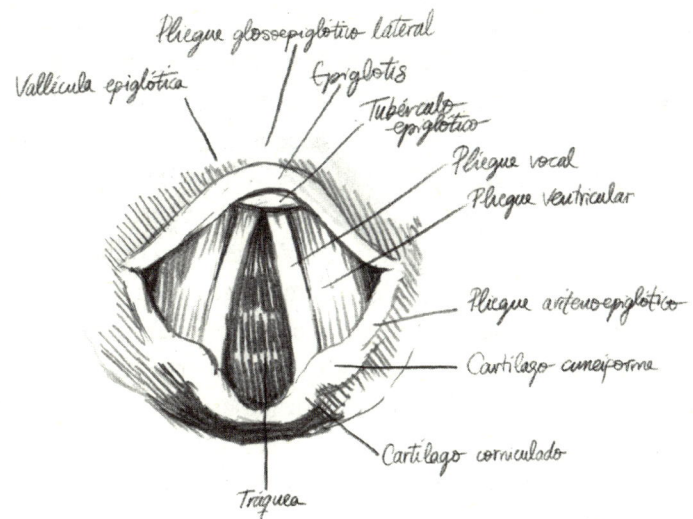

El RPlic@ era un complejo programa de recepción y tramitación de reclamaciones en cuyo desarrollo habían estado trabajando durante meses tres funcionarios del área de informática, y que por fin teníamos ahí, listo para estrenar. Ahora solo quedaba dar a conocer el nacimiento de nuestra OMPA, dijo Teresa, organizar *un bautizo en toda regla*, porque si no sería como saltar al vacío, ¿no? Me habló de la campaña de comunicación que estaban montando dos periodistas, una diseñadora gráfica y un asesor legal de la casa, ayudados por los servicios de una empresa externa para la cartelería y demás material promocional. Teresa estaba muy, pero que muy orgullosa de estas novedades, consideraba que eran pasos de primer nivel y se le llenaba la boca con aquello de la modernización.

Mientras tanto, yo debía probar el RPlic@ para asegurarnos de que marchaba como la seda. Mi primera tarea, según Teresa, era leerme el manual de usuario de pe a pa y, luego, cuando me lo supiera de memoria, ponerme a incluir expedientes que ya habían caducado, peticiones y quejas que llegaron años atrás a nuestro departamento y a las que se había contestado de aquella manera, o de ninguna manera, porque en aquel momento no existía una OMPA como la que inauguraríamos muy pronto. Yo estaba contenta porque al fin iba a tener un trabajo entre manos, un trabajo tangible y demostrable por muy simulacro que fuese, así que fui de inmediato a recoger aquellos expedientes caducados. Un funcionario muy atento, con las gafas tan sucias que daban ganas de arrancárselas y limpiárselas, me señaló con la cabeza un armario de persiana, pero dentro no había nada. Extrañado, me sugirió que mirara en los archivadores del fondo de la sala; encontré papeles, pero eran antiguas facturas y albaranes. El funcionario, un poco avergonzado, se implicó en la búsqueda hasta las cejas, miró y remiró en todo tipo de cajoneras, estanterías y casilleros, y finalmente, se dio por vencido y me pidió que volviera a mi sitio, haría una investigación a fondo y en cuanto tuviera resultados me llamaría. Tardó tres días en encontrar los expedientes, una pila de varias decenas de carpetas verdes de cartón sujetas con gomas elásticas. Las cogí como pude, apoyándomelas en el regazo como si cargara una voluminosa caja, y volví a mi sitio trastabillando, casi sin equilibrio, concentrada en no tropezar y tirar todo aquello por los suelos. Me dio la impresión de que algunos funcionarios cuchicheaban a mi paso y no debió de ser solo una impresión, porque horas después Teresa nos recriminó, tanto a aquel funcionario como a mí, lo que habíamos hecho. ¿No me había explicado mil veces que para trasladar expedientes de un lado a otro había que solicitarlo por nota interior a través del Hermes? Tendría que haber sido José Joaquín quien me los llevara y quien garantizara que le firmaba un recibí. Los documentos no pueden pasearse de arriba abajo sin control, dijo, imagina si se deterioran o se pierden, menuda responsabilidad. Yo argumenté que solo los habíamos desplazado unos metros y que, además, esos expedientes sin respuesta ya habían estado perdidos durante años y nadie los había echado de menos, para el caso era como si se los hubiera tragado la tierra. Teresa alzó los ojos al techo con pesar, como diciéndose a sí misma: Dios mío, dame paciencia, pero dámela ya.

Clasificar los expedientes por categorías, ordenarlos cronológicamente, fotocopiarlos, sellarlos, graparlos, digitalizarlos, crear carpetas, asignarles una nomenclatura, subirlos al programa, validarlos: ese era el proceso. A cada paso que daba, el RPlic@ me felicitaba con una frase salpicada de mayúsculas tipo «Enhorabuena, su Documento ha sido Incorporado con Éxito» o «Enhorabuena, ha completado Correctamente la fase»; dónde se ponían mayúsculas y dónde no era un enigma. Otras veces el sistema daba error, generaba mensajes con caracteres incomprensibles, se quedaba colgado y había que armarse de paciencia y reiniciarlo. Lo más complicado era encajar los expedientes en el listado de temas que el programa ofrecía. Yo tenía que forzarlos, adjudicarles uno cualquiera, el que fuera, porque si no era imposible continuar con el siguiente paso. Más allá de estos inconvenientes, el trabajo era mecánico y avanzaba a buen ritmo. Ahora tenía la mesa desbordante de papeles, iba arriba y abajo a la fotocopiadora, se me veía atareadísima, y hasta el jefe de negociado número dos debió de advertir el cambio porque una mañana, al pasar ante mí, ralentizó el paso para curiosear.

Semana y media más tarde había terminado, todas esas pequeñas tareas reconfortantes estaban *completadas*, lo que me dejó otra vez de brazos cruzados. Teresa se quedó sorprendida cuando se lo anuncié. Dijo ¡qué rápida!, pero más que una felicitación parecía un reproche. Quizá pensaba que, con tanto correr, me había saltado pasos o cometido multitud de fallos. Bueno, comentó quitándome mérito, como estamos en *modo prueba* nos vale, lo importante es que vayamos cogiendo el tranquillo.

¿Y por qué siempre hablaba en plural? Esa era otra de las cosas que yo no terminaba de entender.

Lo que recuerdo de aquellos días es una serie de escenas en la cafetería, escenas que ocurrieron en distintos momentos, una detrás de otra, pero que experimenté superpuestas, solapándose, sin dejarse ver nunca al completo, emborronadas. Escenas como: la nuca de Víctor sentado en una mesa desayunando con sus compañeros de área y mis maniobras para pasar al lado sin que me viera porque no quería ser objeto de comentarios maliciosos sobre mi afición por las glotis o los coños; las críticas que se deslizaron sobre Beni la mañana que faltó porque tenía cita con el traumatólogo –algo relacionado con su corsé ortopédico–, y cómo Teresa y el Monago, aprovechando su ausencia, se cebaron en imitarla con un sarcasmo que me pareció excesivo; el café que derramé al tropezar de cara con un funcionario que se dio la vuelta sin verme, el contenido de su bandeja tirado por el suelo y los dos pidiéndonos disculpas mutuamente, como en bucle; mi dolor de garganta mientras contemplaba a un precioso insecto verde con velo de novia trepar por la pared y que solo más tarde, después de muchas horas, logré identificar en una web de entomología –era una crisopa–; la discusión de dos mujeres, quizá una funcionaria y una amiga que había ido a visitarla, y cómo se reconciliaban después dándose la mano por debajo de la mesa, dulcemente; las dos euforbias con pequeñas flores rojas que alguien decidió colocar en la entrada, junto a las máquinas de tiques; la expulsión de una nutrida familia de gitanos, con sus gordas abuelas y su ristra de niños, bajo el argumento de que la cafetería era para los funcionarios y no los visitantes.

También mi aburrimiento, el frío en los pies, la ilusión intermitente, el ansia de comerme siete tostadas más, una tras otra, y mi resistencia a admitirlo, el hormigueo de una pierna dormida, los gases, la impaciencia, el latigazo de la regla, un extraño peso en los hombros, las ganas de soltar impertinencias, la posibilidad de tropezar de nuevo, el cinturón apretando, un jersey de lana que picaba.

A veces me desesperaba. A primera hora, antes de que llegara el jefe de negociado número dos, practicaba mis ejercicios fonatorios. Soplaba, movía la lengua dentro de la boca, recorría las hileras de los dientes a un lado y al contrario, luego decía Terrrrrrresa, Echevarrrrrrría, y me sentía vibrar el aire en los carrillos. No notaba avances. Iba a desayunar, escuchaba las conversaciones de mis compañeros, volvía a la mesa, tonteaba con el móvil, dibujaba, hacía garabatos, navegaba por internet. Mi perfil tenía restringidas muchas páginas, que otros funcionarios, como los asesores y jefes de sección, sí tenían permitidas. Yo, como mucho, podía leer algunos periódicos, no todos, o acceder a páginas corporativas que rara vez se actualizaban, también a la wikipedia y a sitios técnicos o universitarios que se consideraban útiles para el desarrollo del funcionariado. Mi curiosidad tendía hacia disciplinas sin ninguna relación con el trabajo, cosas como la anatomía, la botánica, la poesía y el dibujo científico. Debido a ciertas decisiones desastrosas del pasado, mis estudios académicos, los que en teoría me habían conducido hasta esa mesa, solo habían consistido en memorizar conocimientos que ni siquiera eran de aplicación allí. En el fondo era para partirse de risa: cuatro años así, de una disciplina inflexible y monótona, para ahora matar el tiempo dibujando manzanas partidas y pirámides egipcias. También entresacaba palabras y me entretenía con ellas, las agrupaba y las ponía del derecho y del revés, las repetía y entremezclaba, y me salían cosas tan raras como esta:

Crisopa.
Crisopa verde.
Crisopa de alas verdes.
Ojos dorados. León de áfidos, alas de encaje.
Hadas bonitas.
Loritos.
Trigona, trigona.
Euforbia pulquérrima.
Euforbia cristiana.
¿Corona de Cristo?
¡Gran penitencia!
Lenta, lentísima.
SuculEEEEENta.

Después imprimía todo aquello, aguzando el oído para encontrar el mejor momento, es decir, el más discreto. En dos zancadas, cruzaba la puerta de los ojos de buey y recogía mis cosas como una rata. Para qué quería yo esos textos impresos, no lo sé. Quererlos, para nada. Pero así ofrecían un aspecto interesante y riguroso, como poemas que hubiera escrito otra persona con más conocimientos que yo y un currículum mucho más adecuado que el mío, y eso me gustaba.

Lo de ir a la impresora, como hubiera dicho Teresa, tenía su *intríngulis*. Que estuviese en silencio no era garantía de nada, porque podía ser que justo en un momento de aparente tranquilidad estuviera procesando una orden de impresión dada desde otro ordenador, por otra persona, antes de lanzarse a escupir folios. Una vez me pasó que, justo al llegar a por lo mío, empezaron a salir veinte informes iguales que una secretaria necesitaba para entregarlos a veinte superiores, lo que ocupó minutos y minutos de un aletargante *chum-chum chum-chum chum-chum*, mientras los folios caían con suavidad unos sobre otros y yo me desesperaba ante la posibilidad de que me pillaran. Otras veces la impresora fallaba, entonces tocaba abrir y cerrar bandejas, mover palancas, comprobar que no hubiera papeles atascados, desenchufar el aparato y volver a enchufarlo. El único que verdaderamente entendía a la máquina era José Joaquín. Hablaba con ella con el mismo tono que utilizaba conmigo, algo a medias entre el paternalismo y la guasa. ¿Qué te pasa a ti, criatura?, le decía, mira que te gusta dar la nota, vámonos que nos vamos. Una vez sacó de entre sus tripas un folio arrugadísimo, por fortuna ilegible, que me pertenecía, y me lo entregó victorioso, haciendo pinza con los dedos, como si acabara de extraer el fastidioso apéndice de un cuerpo vivo.

Las mesas de los funcionarios solían estar cubiertas de carpetas y archivadores, agendas, calendarios de mesa, botes con bolígrafos. Todo tenía un aire desfasado y yo me preguntaba para qué existían todos esos programas informáticos que supuestamente iban a acabar con los papeles, si cualquier superficie plana existente –altos de armario, sillas sin dueño, cajoneras– estaba desbordada.

A mí me obsesionaban los detalles personales. Dibujos infantiles hechos con lápices de cera y bolas de papel pinocho PARA LA MEGOR MAMA DEL MUNDO, fotografías familiares enmarcadas amorosamente –padres con hijas, hijos con madres, parejas que miraban a la cámara como diciendo qué, ¿nos admiráis?–, cojines de semillas para las cervicales, bolas antiestrés para apretar con el puño, cajas de caramelos, el folleto de CLÍNICA SANTA EUFEMIA, LA MEJOR ATENCIÓN PARA TU MASCOTA, macetas con cintas, helechos en miniatura y algunos cactus, pero sobre todo potos, muchos potos, con sus ramas largas y lacias con dos o tres hojas solamente gritando sacadme de aquí, me muero, y también carteles con frases motivacionales, corazones, lemas, HOY ES UN BUEN DÍA PARA SONREÍR o EN MEDIO DE LA DIFICULTAD YACE LA OPORTUNIDAD, firmado ALBERT EINSTEIN. Todos aquellos detalles, mirados en conjunto, me producían rechazo, pero por separado, tomados de uno en uno, justo lo opuesto, algo más parecido a la emoción y un raro deseo de poner o exponer yo también cosas en mi mesa, objetos que me recordaran mi vínculo con el mundo exterior, mis propias frases, los nombres de las plantas incompatibles con la vida de oficina –*cinta, malamadre, papito corazón, araña, lazo de amor, costilla de Adán*–, al modo de una firma o una declaración de intenciones, aunque en mi caso, ¿quién iba a apreciar ese esfuerzo?

En mi mesa en mitad del pasillo nunca se fijaba nadie.

Encontré un pelo negro en el reposacabezas de mi silla. Estaba adherido al tapizado, unido por la fuerza de la electricidad estática. Un pelo largo, ensortijado, nada que ver con los de mi melena. Que yo supiera, ahí, en mi asiento, solo me sentaba yo y, si acaso, Víctor, pero él no tenía el pelo largo ni ensortijado, y además era pelirrojo. Cogí el pelo con el capuchón de un bolígrafo porque me daba reparo tocarlo y lo miré de cerca. ¿De quién podía ser? Fui pensando y fui descartando. Quizá había llegado volando desde otro sitio, desde quién sabía qué lugar o cabeza, y se había posado ahí porque en algún sitio se tenía que posar. Soplé, cayó al suelo, lo arrastré con el zapato, desapareció entre un remolino de polvo, dejé de verlo.

En un momento de flaqueza, hablando por teléfono con mi madre, me quejé del poco trabajo que tenía, y dije poco por no decir nada, que era ya una vergüenza. No tener trabajo y estar ahí sentada era una inmoralidad de la que por fuerza yo debía ser responsable, porque ¿de verdad no podía encontrar algo que hacer, lo que fuera? Sin embargo, no fue esto lo que me respondió mi madre. Lo que me respondió fue: el caso es quejarse. Ya quisiera ella tener poco trabajo, yo era una *suertuda* y una desagradecida. Ya quisiera la mayoría de la gente tener poco trabajo. Quienes se desloman, quienes no tienen ni un momento de respiro, quienes están reventados, hora tras hora sin descanso, día tras día y año tras año, herniándose para cobrar una miseria. ¿Yo conseguía un buen puesto, tranquilo y bien pagado, y todavía me atrevía a protestar? Hija, a ti no hay quien te entienda.

Beni, que debió de captar mi incomodidad, vino a mi mesa a darme ánimos, aunque se notaba que no quería inmiscuirse demasiado porque mi jefa directa era Teresa, no ella. A diferencia de Teresa, que tendía más bien a ir improvisando, y del Monago, que se las apañaba para no pringarse con nada, Beni era la única que de verdad se preocupaba por el correcto devenir de las cosas. Estricta como una antigua maestra de colegio, disfrutaba hablando de procedimientos y actos administrativos, inesperadamente soltaba palabras como *transparencia*, *inderogabilidad* o *ejecutividad* y luego se quedaba tan pancha, sin advertir las caras que ponían a su espalda. Tenía menos años de los que yo había supuesto, bastantes menos que Teresa, aunque llevaba casi dos décadas en la administración, ella misma me lo había contado con orgullo. Nada más acabar la carrera soltó unos libros y cogió otros, es decir, *opositó* y se ganó la plaza igual que habían hecho previamente sus padres, podía decirse que llevaba el funcionariado en la sangre. Si esto era así, por fuerza Beni había empezado a trabajar con la misma edad que tenía yo ahora, o incluso menos. Imaginarme a una veinteañera con la cara de Beni, con el corsé de Beni, con la grandilocuente forma de pronunciar *inviolabilidad* que tenía Beni, me habría parecido grotesco en otro tiempo. Pero el día que vino a hablar conmigo, ese día en que trató de consolarme explicándome que las cosas en la administración eran un poquito lentas y que mejor tener paciencia que desesperarse, lo que vi fue una mujer inquieta y bienintencionada que quería ayudarme de todo corazón aun sin saber qué clase de ayuda necesitaba yo.

Había traído la convocatoria de una oposición a la que, según sus criterios, yo podía presentarme, ¿le dejaba unos minutos para enseñármela? Cogió una silla y se sentó a mi lado para explicármelo todo con su método de preguntas y respuestas. ¿Qué requisitos tenía que cumplir para acceder? La nacionalidad, la edad, el título académico, la capacidad funcional, no haber sido expedientada. ¿Los tenía todos? Claro. ¿Dónde podía presentar la solicitud? En los registros habilitados a tal fin. ¿En qué plazo? Máximo treinta días tras la publicación de la convocatoria. ¿Documentos necesarios? Acreditación de identidad, justificación del pago de la tasa, solicitud cumplimentada. Yo no la estaba escuchando. Miraba su pulsera de plata bruñida, muy bonita. Beni tenía esos contrastes. Solía vestir pantalones sin gracia y rebecas caladas con grandes broches de fieltro que representaban animales medio deformes –un elefante con orejas de pico, un oso con seis patas y un híbrido entre conejo y gato: los hacían niños de una escuela especial–, y también flores o más bien floripondios, broches espantosos, pero, sorprendentemente, podía aparecer con un llamativo cinturón hippie de colores o una pulsera de plata como aquella, y también tenía aquel abrigo verde intenso, suave y tupido, que yo tanto admiraba. ¿Has entendido?, me dijo, y yo asentí. Me miró a los ojos con sincera preocupación y trató de convencerme de lo beneficioso que sería para mi futuro sacarme esa oposición, tener un puesto fijo y no depender de vaivenes ni de renovaciones. Hablaba en los mismos términos en los que hablaba mi madre, pensando en mi bien, es decir, en mi estabilidad laboral.

Se apresuró a aclarar que, por supuesto, entendía que aquel, el de las oposiciones, no era el plan más apasionante del mundo, que a lo mejor a mí, una chica en la flor de la vida, me tentaban más otros caminos, pero que lo que había *ahí fuera* era muy hostil, muy inestable, mientras que *allí dentro*, al menos, tenía una tranquilidad, eso era innegable. Yo se lo digo a la gente que aprecio, dijo, y por eso también te lo digo a ti, que lo importante en el trabajo es la seguridad y que luego, en el tiempo libre, vienen las aficiones, las distracciones y las pasiones, que normalmente no te dan de comer. Cuando se es joven es el mejor momento para opositar, dijo también, ¿sabes por qué? Porque todavía está fresco todo lo que aprendiste en la carrera, la memoria es mejor y la resistencia que se tiene a tu edad no se conserva después, es imbatible.

Se puso de pie con cierto esfuerzo y se quedó ahí parada un rato más, agitada con todo aquel discurso alentador que ahora, ante mi silencio, no sabía cómo rematar.

Alisó los papeles que había traído, los dejó encima de la mesa y dijo, tratando de sonar optimista, que el opositor que gana su plaza es quien está verdaderamente convencido de su lucha y que esa elección no es un reto para *pusilánimes*. ¿Y era yo, *Sada*, acaso pusilánime? ¡Bien sabía ella que no!

A los pocos días cambió el tiempo. El aire se entibió, los pájaros enloquecieron y rompió a llover rabiosamente, como a traición. Un chaparrón descargó justo cuando yo estaba llegando al edificio, bastaron unos pocos segundos para quedarme empapada por completo. Por qué no busqué refugio en algún sitio y esperé a que amainara es algo que todavía no alcanzo a entender. No quería llegar tarde, aunque nadie jamás me pidiera cuentas de mi horario. Una fuerza interior, inexplicable, tiraba de mí hacia mi pasillo, mi silla, mi mesa. Esa mañana llevaba unas botas con la suela muy gastada, tenía que ir muy despacio y pisar con cautela para no resbalar, no levantar un pie hasta asegurarme de tener bien plantado el otro, mientras los funcionarios alrededor aceleraban el paso protegidos con sus paraguas. Pasé mi tarjeta por el torno y entré al recinto con la cabeza bien alta, muy digna, como si hubiese decidido andar así de lento por voluntad propia y no por una cuestión de supervivencia. Fijé mi atención en la lejana cola de los visitantes. Sus cabezas asomaban tras el murete de ladrillo que separaba su acceso del nuestro. Allí no había tejados ni mamparas como en otros lugares del edificio, estaban a la intemperie. Algunos tenían paraguas torcidos y viejos, con las varillas rotas; otros se cubrían con bolsas de plástico, de cualquier manera. Qué mal sitio para esperar, pensé, realmente estas personas son tenaces.

Arreciaba, pero yo seguí con mi paso sereno hasta alcanzar mi sitio. Al sentarme, un charquito empezó a formarse bajo la mesa, como si me estuviese meando allí mismo. Se me había colado tanta agua en las botas que si movía los dedos de los pies se oía *chuf chuf,* pero descalzarme y quitarme los calcetines para ponerlos a secar me parecía completamente fuera de lugar. Por alguna razón, el ronroneo sonaba más oprimente que de costumbre. Como el charquito, también en mi interior crecía gota a gota una melancolía singular, de origen brumoso.

Ese fue justo el día en que el jefe de negociado número dos se paró a hablar conmigo.

PLIEGO DE CARGOS

También fue la mañana en que Teresa nos anunció, con todo misterio, que el comité de sabios de la OMPA acababa de ser oficialmente designado. Íbamos de camino a la cafetería, yo todavía con los signos visibles del aguacero, el pelo hecho un desastre, las botas mojadas, y ella, Teresa, hablando casi en susurros, parándose cada pocos metros para añadir información con cuentagotas, encantada de reservarse la parte más sabrosa. Si se resistía a decirnos los nombres, explicó, era porque Echevarría le había rogado confidencialidad hasta que se revelaran en rueda de prensa, ¿es que no lo entendíamos? Paciencia, paciencia, decía, mientras el Monago y Beni la acorralaban para conseguir alguna pista. Yo no entendía la razón de tanto secreto y, francamente, los nombres me daban igual. Por mí, como si los sabios se llamaban Gonzalo de Berceo o Lola Flores, yo no conocía a nadie y menos aún del ámbito político, para mí esa noticia solo significaba la salida del letargo. Esto arranca, esto arranca, repetía Teresa refiriéndose a la campaña de difusión por todas las capitales de provincia y al ya inminente paso del RPlic@ del modo prueba al *modo verdad*, así que ya podía ponerme las pilas, dijo señalándome con un guiño, pronto llegarían reclamaciones *auténticas* y yo las atendería como una verdadera profesional.

Tanto entusiasmo me hizo sentir pánico. ¿Y si cambiaban las tornas por completo y ahora el trabajo se volvía inabarcable? Tanto tiempo de espera, tres meses ya, y resulta que no estaba preparada en absoluto. Sentí una punzada en el estómago, tuve ganas de comerme la mesa que tenía delante, las sillas, la cafetería entera.

Ah, y otra cosa importante, añadió Teresa sin advertir mi malestar. Debía acudir a la rueda de prensa y hacerme pasar por una periodista. Si alguien me preguntaba a qué medio pertenecía, bastaba con decir que me enviaba un periódico online, sin especificar el nombre, ¡había tantos! Tranquila, aclaró, no se trata de fingir ante nadie en concreto, la cuestión es llenar la sala. Los del gabinete de prensa colgaban después en la página web una fotografía tomada desde el fondo en la que solo se veían las espaldas de los asistentes, muchas espaldas. Una gran concurrencia siempre es sinónimo de interés público, hace pensar en un gran impacto social, mientras que las sillas vacías dan una imagen... Devastadora, completó Beni. Eso es, horrible, dijo Teresa. Les pregunté si aquello de infiltrarse era una costumbre y los tres se rieron. Largo de explicar, pero, sobre todo, aburrido de escuchar, dijo el Monago.

Cuando volví a mi mesa, fui directa a mirar la página web. Era todo verdad. Había fotos de ruedas de prensa anteriores con un montón de espaldas interesadas en la información que alguien proporcionaba, en unos casos Echevarría y en otros personas que no me sonaban de nada pero que daban la impresión de ser muy influyentes. Las cabezas vistas por detrás ofrecían un aspecto vulnerable, mostraban lo que sus propios dueños quizá no sabían de sí mismos, como el inicio de una calvicie, la etiqueta de la ropa por fuera o el peinado deshecho. Ahí estaba la rígida espalda de Beni; la de Teresa, más ancha, con sus blazers oscuros de raya diplomática; la de Salu, la secretaria de Echevarría, con ese pelo ralo como de estar mal alimentada y el omóplato marcado. Era como un juego. Buscarlas y encontrarlas en cada una de las imágenes, casi invariablemente. Al Monago, en cambio, no lo localicé en ninguna foto. Quizá era más propia de mujeres la tarea de hacer bulto.

Lo que el jefe de negociado número dos me había dicho fue: ¿quieres un gatito? Con los brazos caídos y la expresión ansiosa, parado frente a mi mesa, esperaba una respuesta normal como si su pregunta fuera también de lo más normal, aunque, a esas alturas, cualquier pregunta suya me habría resultado igual de extemporánea. Yo nunca lo había visto de frente, era como encontrarme a una persona nueva, un desconocido. Tendría entre cuarenta y cincuenta años y ni una sola arruga. La cara estrecha, la barbilla afilada y un extraño toque malva en las mejillas, irritadas por lo que tenía pinta de una sucesión de malos afeitados. Sus ojos se movían de un lado a otro, escabulléndose todo el rato, como batallando consigo mismo. Y qué voz más rara tenía. Lo del gatito era lo de menos. Lo de más era verlo ahí inmóvil, después de ¡meses ya! de pasar por delante sin decir ni mu. Me costó articular una respuesta. Dije algo así como: ¿qué gatito?, ¿dónde está el gatito? Él también tardó en explicarse. Nuestro diálogo fue lento, como si se nos estuvieran gastando las pilas. Las palabras no eran precisas. Más bien eran aproximativas, rondaban en torno a algo sin nombrarlo. Él dijo que había visto una gata. Cogió aliento y arrugó la frente en gesto de pensar mucho. Su voz sonaba ronca, lejanísima. Dijo que la gata merodeaba por los jardines del edificio, que se escondía entre las adelfas. No dijo adelfas, dijo otra palabra, pero yo sabía que se refería a las adelfas sin lugar a dudas. Puede que tampoco dijera gata. No sé qué dijo. Lo que importa es que lo entendí. La gata había parido, tenía varias crías de distintos colores, a él le preocupaba qué iba a ser de ellas, con todo el jaleo que se montaba por las mañanas, coches entrando y saliendo del parking sin parar y todo ese hervidero de funcionarios en tropel, una amenaza, ¿de verdad no podía quedarme al menos con uno? Yo dije que lo más conveniente era dejar a los gatos donde estaban, su madre los atendería mejor que nadie. Esta respuesta quizá lo avergonzó. Lo vi retraerse un poco, un pasito hacia atrás, como en reacción a un golpe inesperado. Su timidez acentuó mi timidez y ya no supimos qué más decir. Bajo mis pies todavía quedaban rastros de agua sucia; sus zapatos, en cambio, estaban completamente secos, con su habitual capa de polvo. En el cuello del abrigo se le notaba un rastro de pelusa, las uñas las tenía largas y manchadas de tierra. Es curioso que recuerde con tanta precisión esos pormenores y con tan poca la escena en conjunto. Creo que le sonreí y le di las gracias, pero no estoy segura. Él levantó una mano en señal de despedida. La movió como un pañuelo que no pesara nada, giró por su pasillo y se esfumó de camino a su despacho, como hacía a diario.

Me senté en la última fila, estudié las espaldas de los asistentes. ¿Quiénes eran intrusos, quiénes no? Algunos llevaban libretas de papel, otros tabletas electrónicas.

Como el funcionariado tendía a ser anticuado –yo misma, sin ir más lejos, me había presentado con mi cuaderno de espiral–, me pareció un elemento útil de identificación. Pero no era definitivo, debían considerarse también otros factores, como la actitud. Había quien tomaba notas y quien escuchaba sin más, quien miraba el móvil y quien bostezaba. Quizá quienes más fingían eran quienes más interés mostraban: ahí estaban por ejemplo Beni o Salu manifestando su conformidad con breves asentimientos, haciéndose las nuevas. Entre los fingidores, localicé a aquel señor mayor con cuerpo de pera que solía merodear por los pasillos y se acercaba a hablar con cualquiera. Con las manos cruzadas a la espalda, titubeante, siempre se le veía desubicado, pero, ahora, sentado y muy atento, parecía comodísimo, como si al fin hubiese encontrado su lugar en el mundo.

Reconocí también a una mujer muy elegante, vestida de negro de pies a cabeza, que me había llamado la atención en la cafetería por su altura y su languidez; más que caminar era como si levitara entre las mesas. Ahora apoyaba sobre sus rodillas un pequeño portátil y tecleaba con delicadeza, *tac tac tac*. ¿Qué tecleaba? Lo que iba diciendo el delegado provincial, supongo, que era un político que no tenía nada que ver con nuestra OMPA –no formaba parte de la pirámide–, pero desempeñaba otro papel, el de la *cara visible*, según Teresa, y que estaba ahí sentado, junto a Echevarría, rodeado de micrófonos. Con grandes preámbulos, hablaba sobre participación democrática y deber administrativo, palabras que seguramente habría escrito el Monago para él. Tenía la piel verdosa, como si le hubiesen envenenado, y no sonaba nada convencido de su discurso. Las flores de los jarrones que había a ambos lados de la mesa tampoco rebosaban salud: crisantemos pochos y lirios a los que nadie debía de haber cambiado el agua en días. La mujer elegante levantaba la cabeza para escuchar al consejero delegado, la bajaba después con un rápido movimiento y continuaba tecleando con agilidad. Una urraca, pensé, es una bella urraca con una franja azul oculta bajo el ala, y también pensé: nunca seré como ella.

El delegado provincial dio paso a una proyección de diagramas con rótulos tipo Flujos de Actuación, Objetivos Operativos, Estrategias Regionales y así, y José Joaquín hizo su aparición estelar con un carrito cargado de dosieres para repartir entre los asistentes, además de una carpeta con un resumen a todo color, bolígrafo institucional, marcapáginas y dos pegatinas. El dosier tenía 141 páginas de papel de gran calidad, lo había diseñado la empresa externa contratada a tal fin e incluía gráficas muy elaboradas que no guardaban ninguna relación con lo que allí se estaba hablando.

José Joaquín esquivó al señor mayor del cuerpo de pera, que se quedó con cara de chasco, sin entender el feo que acababan de hacerle. A mí sí me entregó el material con profesionalidad, muy serio, como si no me conociera de nada. Me dio risa verlo tan metido en su papel, disimulé como pude, pero la espita ya estaba abierta. Era algo que me había ocurrido en el pasado, reírme en las situaciones más inadecuadas; una vez que empezaba ya no podía parar.

En el turno de Echevarría fallaron los micrófonos y su exposición fue interrumpida por un *biiiiiiii* horrible. Cuando al fin consiguieron arreglarlos, se atascó la proyección; cada vez que intentaba dar paso a una nueva imagen, la pantalla se quedaba parpadeando y luego retrocedía a toda velocidad. Llegó Víctor, tocó aquí y allá, se tropezó con una silla y también esto me hizo gracia. A Echevarría, nervioso ya y con prisa por acabar, le salió un gallito mientras anunciaba las identidades de los siete sabios del comité –solo memoricé un Agapito, los demás eran nombres normales como Juan María y Aurora–. Teresa se volvió y me lanzó una mirada gélida desde la otra punta de la sala. Para frenar mis ganas de reír pensé en el atropello de Perrito Luis y en la traición de un chico al que una vez le hice una cosa guarra y se lo fue contando a todo el mundo, que eran los dos recuerdos a los que siempre recurría cuando necesitaba recomponerme. Por suerte, el delegado provincial, sonriendo con fatiga, dio por finalizadas las intervenciones y abrió el turno de preguntas.

José Joaquín cruzó la sala cojeando, sin rumbo fijo.

No hubo preguntas.

Lo que yo había esperado tras la rueda de prensa: la bandeja de entrada del RPlic@ llena hasta rebosar, José Joaquín trayéndome escritos del registro, yo dando de alta expedientes auténticos, enviando acuses de recibo, fotocopiando larguísimos documentos y tramitando notas interiores. Lo que pasó: absolutamente nada. La bandeja seguía vacía. Las reclamaciones no llegaban. El comité de sabios no se reunía. Echevarría no daba señales de vida. Para colmo, en la foto que habían colgado en la web se me veía la blusa arrugada. Mi espalda no tenía nada de particular, era una más entre muchas.

Ante esta situación, Teresa no mostraba la más mínima inquietud, no hacía comentarios, como si después de todo el despliegue anterior, de la rueda de prensa, de los dosieres, los nombramientos y la campaña por todas las capitales de provincia, después de toda esa puesta en escena, esperar consecuencias fuera ya irrelevante. A estas alturas, debía de saber que yo no hacía nada. Sin embargo, hablaba de mí como si estuviera ocupadísima. A los funcionarios de otros departamentos les decía: menos mal que vino, yo es que no doy abasto, ella me ayuda con mil cosas. Llegué a pensar que lo hacía para protegerme, por si alguien malintencionado se preguntaba a qué dedicaba yo las horas. Pero también podía ser que, hablando así de mí, estuviese refiriéndose indirectamente a ella, dándose a valer por la tremenda cantidad de asuntos que aseguraba tener a su cargo. Lo intrigante era que sonaba sincera, verdaderamente convencida de lo que decía, hasta el punto de que, en algún momento, yo misma llegaba a creérmelo un poco.

Busqué los gatos entre las adelfas. En las cavidades de los troncos. Bajo los coches del parking. En las inmediaciones de las escaleras de emergencia, roídas por el óxido. Por los rincones llenos de hojas secas, envoltorios de cheetos y envases de actimeles vacíos arrastrados por el viento –que los funcionarios tomaran cheetos y actimeles me sorprendió muchísimo, ciertamente–. Todo estaba empapado: los arbustos, el suelo de cemento, incluso las paredes chorreaban agua. Las lluvias de aquellos días seguían siendo violentas, traicioneras. Duraban apenas diez minutos, lo destrozaban todo y después daban paso a un sol arrogante que picaba. Mirase por donde mirase, era evidente que allí no encontraría a los gatos. Quizá la madre había huido para poner a resguardo a sus crías. O quizá no había madre ni crías; quizá el jefe de negociado número dos me había gastado una broma y yo, idiota perdida, me la había creído. Vi a Teresa que se aproximaba bamboleante, envuelta en lo que parecía una bolsa de basura pero resultó ser uno de esos chubasqueros desechables que llevaba en el coche por precaución. Me ofreció uno y lo rechacé medio espantada; por suerte, no notó mi desagrado. ¿Qué haces aquí fuera?, preguntó sin esperar respuesta, y luego me cogió del brazo para guiarme hacia el interior del edificio mientras se quejaba de todo lo que había tardado por culpa del atasco.

En cuanto llegó el jefe de negociado número dos, le pregunté a bocajarro qué había sido de los gatos. Él, que cruzaba por delante de mi mesa como de costumbre, se paró en seco y me contempló con extrañeza. ¡Ah, los gatos!, murmuró con su voz arenosa. Dio dos zancadas más y continuó hablándome desde el recodo del pasillo, evidentemente ansioso por desaparecer de mi vista. ¿No los has encontrado?, preguntó. No, respondí escamada. Agachó la cabeza, miró cohibido hacia los lados y luego dijo: tienes que observar bien, se ocultan en distintos escondrijos, hay que acechar. Su expresión era rara, todo en él era raro, como si estuviera ligeramente desplazado del lugar que ocupaba.

Vale. Observar bien. *Acechar*. ¿Qué era aquello? ¿Un acertijo? Una parte de mí, la más conservadora e impaciente, empezaba a hartarse de su actitud evasiva y ambigua, pero mi otra parte, la entrometida y curiosa, la que en tantos líos me había metido desde niña, todavía se negaba a dar por zanjado el asunto.

Pocos días después, como de milagro, apareció una reclamación en el RPlic@.

Según Teresa, la campaña de difusión ya empezaba a dar frutos: ese escrito ofendido, lleno de circunloquios y referencias legales, que desprendía un aroma vagamente resentido y amenazante, ese primer escrito, era el fruto.

Lo enviaba un funcionario que trabajaba en otro organismo de otra ciudad, se notaba que conocía bien los modos de expresión funcionariales. Se había identificado por vía electrónica, indicaba un número de referencia en el encabezamiento y mencionaba plazos y procedimientos con lenguaje de entendido, aunque para destacar los aspectos que le indignaban había echado mano de negritas, comillas y subrayados allá donde le dio la gana. A mí su escrito me sonó inofensivo y trivial, sobre todo al compararlo con los expedientes que había estado metiendo de prueba en el sistema. ¿De qué se quejaba ese señor? De tonterías. Aunque, por mí, como si se quejaba de su suegra, yo estaba feliz porque aquella reclamación, por irrelevante que fuera, justificaba al fin mi presencia en esa mesa. ¡Y qué agradable y novedoso volumen de trabajo generó un solo escrito! Había que registrarlo, asignarle un número, catalogarlo en la base de datos, redactar un acuse de recibo, informar oficialmente a Teresa por nota interior de la recepción del expediente, preparar otra notificación aún más ceremoniosa para dar traslado a los miembros del comité de sabios...

Y luego, ¿qué?

Luego a esperar otra vez.

Esperar a que Teresa firmara el acuse de recibo, esperar a que me lo devolviera firmado por nota interior, esperar a que José Joaquín se lo llevara para echarlo al correo, esperar a que Echevarría convocara al comité de sabios, esperar a que el comité de sabios se reuniera y decidiera qué hacer con ese simple escrito.

Así fue como empezó la actividad, si por actividad se entiende la llegada de las ansiadas reclamaciones, un raquítico goteo en realidad, una o dos por semana como mucho, todas de funcionarios o de personas vinculadas con funcionarios o de asociaciones de vecinos o de representantes de partidos políticos o de organizaciones locales o de sindicatos.

¿Era la clase de gente para la que se había creado nuestra OMPA?

Bueno, era la clase de gente que sabía redactar un escrito oficial y mandarlo, aunque lo de saber es un decir, porque a veces cometían errores del tipo confundir *perjuicio* con *prejuicio*.

Yo no estaba para hacer de maestra, esto me lo recordó Teresa, yo solo tenía que tramitar los papeles siguiendo el procedimiento reglamentario y punto.

Y eso era lo que hacía. Tramitar y esperar a que el resto siguiera con su parte.

Aunque el resto no mostraba ninguna prisa por seguir.

Siempre había creído que las cosas se hacen una detrás de otra hasta acabar, y ahí no encontraba esa continuidad. Me había preocupado no estar a la altura de las circunstancias, pero ¿qué pasaba con las circunstancias en sí? ¿De qué había servido tanto preparativo y tanta prueba si nadie sabía qué debía hacer ni cuándo ni por qué?

La decepción se me debió de notar en la cara. ¿Qué te pasa?, me preguntó Teresa con gesto de qué coño te pasa ahora, y yo le dejé caer que, en mi humilde opinión, para contestar a esas reclamaciones no hacía falta tanto papeleo y pregunté si no era contradictorio con aquello de la modernización administrativa y la agilidad ejecutiva que tanto se habían anunciado en la campaña y ¿de verdad no podíamos saltarnos los pasos más superfluos? Ella, hinchando el pecho, me recordó la obligación de cumplir con las garantías procedimentales y me advirtió de que, sobre todo al principio, teníamos que ser muy cautas si no queríamos acabar trasquiladas.

Quién nos podía trasquilar, no lo sé, pero me dio la impresión de que, si había allí alguna oveja con exceso de lana, esa era yo.

Detalles preocupantes, como el cinturón de Echevarría fuera de una trabilla del pantalón, algo que él no podía notar, pero que cualquiera que caminara detrás de él, sí. Palabras mal escritas, carteles torcidos, el temido fallo SAF_15 de la firma electrónica, los tornos abiertos, las puntas de una yuca chamuscadas. Descuidos de ese tipo, que me hacían pensar: ¿quién está al cargo?

Traté de explicárselo a mi madre y ella me preguntó: hija, ¿estás bien? Luego me dijo que no debía fijarme solo en los fallos, sino también en los aciertos, que el chubasquero que me ofreció mi jefa debería haberlo aceptado por muy bolsa de basura que me pareciera, que lo contrario había sido hacerle un feo a alguien que solo pretendía ser amable conmigo, y que si alguien lleva el cinturón mal puesto, si hay confianza se le dice y, si no, se calla una y santas pascuas.

A modo de advertencia, Beni me contó la historia del funcionario al que expedientaron por incumplir trámites. Aquel funcionario, al parecer, decidió que el asunto del papeleo podía simplificarse mucho. Le llegaban solicitudes de ayudas y no se paraba a comprobar que estuviera toda la documentación. Se comunicaba con los solicitantes por teléfono, en vez de por escrito, para asegurarse de esto o de aquello, pero ¿acaso son formas?, preguntó Beni. No, no lo eran, porque así no quedaba constancia de la gestión. El tipo expedientado consideraba que una fotocopia compulsada del libro de familia era cosa del siglo pasado, y no la pedía. Un certificado de empadronamiento, tampoco, y así se le colaban quienes no debían. Si todos los campos del formulario no se habían rellenado, no le preocupaba, él deducía lo que faltaba. La intención era buena, pero ¡ni que fuera Dios para otorgarse tanto poder! Despachaba los trámites en la mitad de tiempo que sus compañeros, incluso en menos tiempo. Pim, pam, pum, ayuda concedida. Las estadísticas saltaron, le preguntaron cómo podía ser aquello. Hubo una especie de investigación, incluso un interrogatorio —un requerimiento, lo llamó Beni—, se abrió plazo de alegaciones. El tipo era un activista, cosa que Beni aclaró que le parecía muy bien, pero no son maneras. Alegó que actuaba por justicia social, las personas que esperaban las ayudas las necesitaban ya, si su modus operandi ocasionaba algún error —que se le concediera una ayuda a quien no la merecía— era de menor calibre que el error de no dársela a quien la requería con urgencia. ¿A ti cómo te suena ese argumento?, me preguntó Beni, ¿te parece razonable? Pero no me dio margen para responder, lo hizo ella por mí: te suena bien, claro. Pero piensa, ¿consideró aquel funcionario el agravio comparativo que causaba? Los solicitantes de otros distritos cuyas solicitudes llegaban a otros funcionarios de otros centros de trabajo, funcionarios que *sí* cumplían los pasos sin cuestionarlos, o cuestionándolos pero obedeciendo como es su deber, podían acusarle de trato desigual. Ante este argumento, el del agravio comparativo, el tipo tuvo que plegarse y acatar la sanción del expediente disciplinario. Te lo comento para que veas que todo es mucho más complejo de lo que parece, dijo Beni. Ella estaba a favor de la lucha contra los excesos burocráticos, pero tenía que ser una lucha colectiva, consensuada, aprobada por todas las partes implicadas, segura y bien diseñada. Una lucha burocrática, pensé yo.

Nadie me presentó a los siete sabios. Conocía sus nombres y tenía sus correos electrónicos, y al parecer no me hacía falta saber más. Yo les remitía las reclamaciones nuevas cuando las había, pero ellos jamás me contestaban, quizá pensaban que quien les escribía era una máquina, igual que el RPlic@ me felicitaba cada vez que subía un documento y yo no le daba las gracias. Por aquello de la diversidad territorial, cada sabio provenía de una provincia diferente, y también había equilibrio en cuanto al género, cuatro hombres y tres mujeres, aunque, en lo referente al aspecto físico, yo encontraba más bien uniformidad. Había visto sus fotos en la web, rostros profesionales y amigables de gente bien peinada que sabe lo que se tiene entre manos. Ocupaban altos cargos en la administración y tenían, o habían tenido, relación con el mundo político. Aunque podían reunirse telemáticamente, preferían hacerlo en persona, porque así también despachaban otros asuntos, y luego se iban a almorzar juntos. Las reuniones se celebraban en una sala anexa al despacho de Echevarría y su duración era un misterio: o acababan en diez minutos o se demoraban varias horas. Yo no entendía cómo podía tardarse tanto en revisar reclamaciones que, a mi parecer, no tenían ninguna enjundia, pero ellos dedicaban mucha atención a cada asunto, reflexionaban y discutían con intensidad hasta el menor de los aspectos. Luego las desestimaban todas: porque no eran de la competencia del órgano, porque presentaban errores de forma o porque carecían de los datos necesarios para su resolución. A veces pedíamos esos datos que faltaban, y una vez aportados, la reclamación se desestimaba igualmente por no ser de nuestra competencia. ¿Cuál era el sentido de dar ese rodeo?, me preguntaba yo. Eso era otro misterio.

Ompa,
(p)ompa de los siete sabios,
los siete magníficos,
los siete enanitos
siete sacramentos,
siete samuráis
siete pecados capitales,
siete dolores de la virgen maría,
siete misterios...
¡Mezcal!

Mientras yo me entretenía con mis juegos de palabras, a Salu, la pobre, le tocaba redactar las actas. Las notas que le proporcionaba Echevarría solían ser tan enrevesadas que a menudo no le quedaba otra que recurrir a la grabación de las sesiones. Tres de los siete sabios del comité habían exigido que las actas no solo recogieran los acuerdos, sino todos los elementos sustanciales del debate; por *elementos sustanciales* se referían a sus propias intervenciones. Las actas, que debían de ser larguísimas, se colgaban en la intranet, pero eran de acceso restringido. Yo, por ejemplo, aun estando en la base de la pirámide, no podía leerlas. Todo lo que sabía, lo sabía por Teresa, quien a su vez recibía la información de Echevarría. Qué pena, decía ella, tanto talento y la cantidad de problemas con los que tiene que bregar ese hombre, empezando por la sosa de la Poquita. *Bregar* era un verbo que mi madre también usaba mucho. Ella acostumbraba a relacionarlo con algo admirable e incluso sacrificial, tipo: lo que tuvo que bregar tu abuela para sacarnos adelante. Yo le aseguraba que en mi trabajo también tenía que bregar con lo mío, y eso, a sus ojos, me daba categoría.

De niña había sentido una extraña atracción por los impresos. Eso de destinar una casillita a cada cosa, sin margen de interpretación ni de error, y rellenarlo todo con letra limpia y clara, tal como se advertía en los encabezamientos, me parecía tan seductor como resolver un crucigrama. Observaba a mi madre por las tardes cumplimentando no sé qué matrículas o solicitudes, sentada a la mesa con las gafas en la punta de la nariz, rodeada de bolígrafos, carpetas y agendas, la calculadora al lado con sus teclas naranja fosforito e incomprensibles símbolos matemáticos, posiblemente abrumada por las deudas, aunque eso entonces yo no lo sabía. Con extremada pulcritud, escribía letras y números allá donde se esperaba que hubiera letras y números, y firmaba lentamente sin salirse del recuadro marcado. Si se equivocaba, corregía el fallo con unas tiras adhesivas de olor adictivo cuya aplicación también precisaba mucho esmero. Aquella tarea me resultaba tan envidiable como la del médico que expedía recetas en la consulta o la del empleado del banco que se valía de unos delicados pliegos de papel de calco para dejar constancia de la tramitación de recibos y cheques. Pero yo había cambiado, igual que había cambiado el mundo, y ya no existían hojas de calco ni tiras de papel adhesivas ni impresos para rellenar a mano, sino formularios con desplegables, validaciones, certificados electrónicos y actualizaciones de la máquina Java, y yo con eso no me conformaba. A eso me refería con *bregar*: a verme obligada a rellenar cosas, a encajarlas en sus compartimentos a la fuerza, sin importar todo lo que se dejaba fuera, que era mucho y que, en ocasiones, podía ser hasta todo.

Aquel hombre mayor del cuerpo de pera desayunaba solo, aparentemente absorto en la lectura del periódico, pero en realidad observando alrededor, esperando que alguien se sentara a su lado. A pesar de su edad, tenía un aire infantil, como de niño perdido en mitad de un supermercado. Cuando pregunté a mis compañeros quién era y a qué se dedicaba, Teresa resopló como diciendo: ah, ese colgado. A aquel hombre, me contaron, lo habían jubilado hacía ocho meses y todavía seguía yendo a diario a la oficina. Nadie sabía cómo decirle que no fuera más, que lo que al principio era enternecedor se estaba convirtiendo ya en una molestia. Se había pasado toda la vida en el mismo puesto, desde que era un chaval hasta prácticamente ahora, que era un viejo. Nunca se molestó en presentarse al concurso de traslados, no trató de ascender, se limitaba a ejercer sus funciones básicas de funcionario grupo D, metódicamente y en completo silencio, día tras día. Pero desde su jubilación se había vuelto muy hablador. Llegaba y le preguntaba a la gente cómo le iba, se interesaba por las novedades del departamento, se atrevía a dar su opinión e incluso se ofrecía para echar una mano. Los demás funcionarios lo toreaban como buenamente podían, tratando de ser educados, aunque ya habían empezado a ponerle mala cara, como José Joaquín cuando no le entregó el dosier de la rueda de prensa. Echevarría lo llamó un día a su despacho, él acudió ilusionado. Al parecer le dijo que no debía volver más por allí, que tenía que aceptar que ya no era su lugar de trabajo, y le aconsejó que disfrutara de su nueva vida, paseos por el parque, lectura, jardinería, taichi o lo que fuera que hacen los jubilados en su tiempo libre. El jubilado comprendió el razonamiento, se sintió avergonzado y pidió perdón, pero volvió al día siguiente. La situación se había puesto de tal manera que a los de seguridad se les dio orden de no dejarlo entrar, aunque esto, realmente, no era de recibo, salvo que aquel hombre causara problemas en el interior del recinto, y no era el caso. Tenían que permitirle el acceso como a cualquier otro ciudadano, aunque podían, eso sí, preguntarle para qué iba en concreto, el motivo de hacer una visita a sus excompañeros ya no era suficiente. A raíz de aquello, el jubilado comenzó a presentar todo tipo de instancias de dudosa utilidad, pero estaba en su derecho de hacerlo si así lo deseaba. En los últimos tiempos se ponía en la cola de los visitantes desde muy temprano, bajo el frío, el calor o la lluvia, según tocara. A veces conseguía entrar y a veces no. Si lo conseguía, iba al registro, entregaba su instancia y luego hacía la ronda de siempre, sin importarle las miradas desaprobatorias. Si era temprano, como esa mañana, desayunaba en la cafetería como uno más, aunque ya nadie le dirigía la palabra. Pobrecillo, dijo Beni compasivamente. A diferencia de Teresa y el Monago, ella parecía entender la orfandad de ese hombre.

En el jardín, temprano, cuando ya había renunciado a buscarlos, apareció una gata con varios gatitos. Me acerqué sigilosa para no ahuyentarlos y los conté: uno, dos, tres, ¿cuatro?, ¿cinco?, ¿seis? Saltaban y se movían con tanta rapidez, entrando y saliendo de las espesas matas de adelfas, que era difícil seguirlos con la vista. Tres eran atigrados, como pequeños linces con anchas zarpas y almohadillas oscuras, y también había otro de color calabaza y uno más con manchas blancas y negras de una perfecta simetría. Cinco, determiné al final, seis contando a la madre, una flaquita gris con las tetas hinchadas y actitud desafiante. ¿Habían decidido volver tras las lluvias y era ahora cuando se aventuraban a salir? ¿Cómo se las apañaban? ¿Era aquel un sitio seguro? Los gatitos tropezaban y rodaban, se mordían la cola unos a otros, corrían como si no pesaran nada. Uno se sentó sobre las patas traseras, movió las delanteras en círculo, bufó a su hermano. Otro empezó a dar vueltas sobre sí mismo, soltando un cómico maullidito indignado. Parecía que actuaban, que hacían sus cosas de gato solo para que me quedara claro quiénes eran, pero no dejaban de mirarme de soslayo, alertas, espiándome bajo la escrutadora vigilancia de su madre. En aquel momento estábamos solos ellos y yo; agradecí el privilegio que se me había otorgado porque sí. Eran unos gatitos increíbles.

Cuando llegó el jefe de negociado número dos, lo asalté emocionada y grité: ¡los he visto! Él se volvió hacia mí con lentitud, sonrió fugazmente y asintió esquivo, en plan no creas que me voy a parar a hablar contigo. Me llegó un olorcillo rancio que achaqué a su costumbre de ponerse el abrigo de paño aunque ya no hiciera tiempo de llevarlo. Qué maniático era. Yo no sabía si lo suyo se debía a la timidez o a otra cosa peor. Quizá padecía una especie de incapacidad, un trastorno social, algo ante lo que no cabía reprocharle nada. Al no tener trabajo, pensé, al estar tan aislado y ninguneado por el resto del departamento, había ido reduciendo sus habilidades hasta el punto de que ya apenas sabía articular palabra.

Una adquisición necesaria aquellos días fue la de la destructora de papel, que José Joaquín trajo en una carretilla y colocó junto a mi mesa entre resoplidos y sudores. Ea, ya tienes con qué entretenerte, comentó, y se quedó mirando la máquina con suspicacia. Según Teresa, para evitar problemas de difusión de datos personales, yo estaba obligada a destruir los documentos *delicados* que llegaran a nuestra OMPA, es decir, aquellos que incluyeran pormenores privados. A mí me pareció un poco exagerado, ese mamotreto ahí al lado para qué. Los documentos que yo custodiaba eran poquísimos y, en caso de tener que destruir alguno, me hubiera apañado con unas simples tijeras.

La trituradora era como un raro juguete con olor a coche nuevo y una gran boca plana que tragaba con avidez todo lo que se le echara dentro. El sonido que hacía en funcionamiento era una variante intensificada del ronroneo: *rrrrrrr* (aire) *rrrrrrr* (aire) *rrrrrr*. Los papeles quedaban reducidos a tiritas que se almacenaban en el interior de una bolsa. Calculé que la bolsa tardaría meses, quizá años, en llenarse, y me propuse destruir todo tipo de papeles solo por darle uso a la máquina. Me gustaba abrirla y meter el brazo en el depósito, manosear las tiritas de papel, rescatarlas y tratar de adivinar a qué pertenecían. Las sílabas sacadas de contexto sonaban como un conjuro mágico o un mensaje en clave. *Pa de te to da pe do ga cu o po s ti co*, por ejemplo. Si se repetía varias veces parecía una invocación sobrenatural, se quedaba una con ganas de saber más.

Un trabajador de la empresa de reciclaje se asomaba cada semana a revisar la bolsa. ¿La cambiamos?, preguntaba clavándome unos ojos negrísimos. Por mí no, respondía yo temblando. Era un chaval muy guapo, la camiseta color amarillo de SAFE RECYCLING le quedaba muy bien. Luego se iba a vaciar los contenedores de reciclaje, estos sí llenos hasta los topes de papeles, porque muchos funcionarios se declaraban incapaces de dar por bueno un escrito si no lo imprimían antes y lo repasaban bolígrafo en mano. Corregían una palabra y lo volvían a imprimir. Corregían otra y otra, y otra más, hasta que quedaban satisfechos. Cuantas más veces se levantaban a imprimir y más borradores desechaban, más profesional les resultaba su tarea, más rigurosa y exigente.

Curioseando, encontré cosas peculiares dentro de los contenedores. Recetas de cocina, tablas de ejercicios de pilates, facturas y correspondencia privada, incluso informes médicos con diagnósticos comprometidos. Aparecieron también varias copias del dosier informativo que se había diseñado para nuestra OMPA, todavía con el envoltorio de plástico retractilado, ejemplares que no habían merecido ni siquiera la cortesía de un vistazo. ¿Eran dosieres que habían sobrado o los mismos que se entregaron en la rueda de prensa y que quizá los periodistas, reales o fingidos, tiraron a la basura nada más salir? Metí uno de ellos en la trituradora de papel, las tiritas a todo color se entreveraron con las que ya había en blanco y negro formando un curioso confeti.

Tras un largo e intenso debate, el comité de sabios acordó por primera vez *actuar* ante una reclamación, es decir, ir un pasito más allá de lo acostumbrado. Eso significaba encargar un informe al respecto, lo que en el procedimiento se denominaba *Informe Técnico sobre el que sustentar el sentido de la Resolución*. Sonaba abrumador.

La reclamación la había enviado una asociación local y hacía mención de las obras de un albergue para gente sin techo, obras que al parecer se eternizaban. ¿Por qué no se ofrecían alternativas mientras tanto? Los usuarios del albergue no podían soportar más retrasos, necesitaban una solución aunque fuera transitoria, ni siquiera tenían un lugar donde asearse, etc. Se exponían casos de mendigos y prostitutas que dormían en la calle desde hacía meses, *menciones concretas a efectos probatorios*, especificaba el escrito, aunque esta parte tuvo que ir directamente a la trituradora debido al problema de la protección de datos.

En su despacho, Teresa daba vueltas intranquila, abanicándose por los calores súbitos que le venían por rachas. Menudo jaleo, menudo jaleo, decía, como si aquello fuese un gran fastidio. Se detuvo de golpe, clavó su mirada en la mía y me preguntó si me veía capaz de asumir ese trabajo yo sola. En realidad es *pan chupado*, aclaró después, si ella no se encargaba era porque ya estaba enfangada en mil marrones, pero yo, en fin, para mí sería una buena manera de iniciarme, ¿no?

Yo no sabía ni por dónde empezar y la desorientación se me debió de transparentar por todo el cuerpo. OR.GA.NI.GRA.MA, dijo Teresa agitando el directorio telefónico. Lo primero, averiguar qué área, qué departamento, qué sección, qué funcionario, se encargaba de la gestión de los albergues sociales. Y luego, desde ahí, ir tirando del hilo. Como emprender una investigación periodística, dijo. Ese día llevaba un peinado nuevo, aparatoso y fascinante, que la hacía parecer más alta. Me quedé mirándola embobada hasta que dio una palmada y dijo: ¡vamos, espabila, que no es para tanto!

Tuve que hacer muchas llamadas y recorrer muchos pasillos para dar con la persona que podía ayudarme. Los funcionarios estaban demasiado ocupados cada uno con lo suyo como para saber a qué se dedicaba quien se sentaba al lado. Se quedaban perplejos, como si les hubiera preguntado algo completamente fuera de lugar. Fui de mesa en mesa, de sección en sección, como una vendedora ambulante. La mayoría me trató con amabilidad, aunque era evidente que les molestaba. Alguien me señaló a una joven tras una mampara, sepultada entre papeles. Fui en su dirección esperanzada. No, negó sonriendo, casi con tristeza. Ella no se ocupaba de los albergues sociales. Ella se ocupaba de los comedores sociales, cosa muy diferente. ¿Y de los albergues quién?, pregunté. Consultó una guía, hizo varias gestiones y me facilitó un nombre. Por desgracia, el tipo estaba de baja. Se incorporaría, como pronto, dentro de una semana.

Al volver al despacho de Teresa a rendir cuentas, me la encontré enfrascada frente a unos registros larguísimos desplegados sobre su mesa. Marcó con el índice el lugar por donde iba y me miró interrogante. Yo, atropellándome, le conté lo del funcionario que estaba de baja, una semana mínimo para que volviera, nadie salvo él contaba con los datos que necesitábamos, ¿qué íbamos a hacer? Con el dedo todavía clavado en el papel, Teresa permaneció en silencio, con la expresión ausente. El peinado se le había achatado un poco, como un suflé que pierde volumen al sacarlo del horno. Pensé que no me había escuchado, pero sí, porque al cabo de un rato reaccionó con mucha parsimonia, diciendo que cuando se reincorporara el funcionario hablara con él y listo. Pero ¿y los plazos?, insistí. Sabiendo como sabía todo lo que se tardaba en recorrer el procedimiento completo, carta va y carta viene, reunión y debate y luego otra ronda de cartas, lo íbamos a resolver fuera de plazo. Ayayayayay, canturreó ella, cuánto tienes todavía que aprender. Arqueó los labios, recitó: artículo 23 de la ley de procedimientos administrativos, alma de cántaro, ¿aún no te lo sabes? La relatividad de los plazos, *Sada* querida. Eso me dejó más tranquila.

El funcionario al que estaba esperando resultó ser un hombre mayor al borde de la jubilación. Chepita, manos huesudas, extremidades flacas, la piel manchada como la cáscara de un huevo, cejas despeinadas, completamente blancas. Con un hilo de voz me explicó que la información que yo le estaba requiriendo, él, a su vez, debía requerirla a otro organismo. Que en cuanto la tuviera a su disposición me la haría llegar, aseguró. Me dieron ganas de besarle las manos, le agradecí su atención tres o cuatro veces. Él me miró con humildad, con timidez. Pero tienes que solicitarlo por nota interior, añadió casi desfalleciendo. Él no estaba autorizado a mover ficha hasta que no recibiera una orden expresa. Uno no podía estar solicitando datos a otras instituciones sin una justificación; era una forma de preservar el orden, una especie de cadena de acción, la garantía de que los datos requeridos eran para un fin concreto, no por capricho o para darles un uso malintencionado.

Claro que sí, susurré.

Dios. La nota interior.

El funcionario continuó disculpándose. Imagina que después de un montón de trámites te consigo un dosier con información valiosísima, ¿cómo demostrar ese esfuerzo? Él necesitaba que quedase constancia del trabajo realizado. Lo único visible es la ausencia, comentó melancólicamente. Había estado de baja dos meses por enfermedad y su desaparición había sido palpable, con su silla vacía todo ese tiempo. Ahora que había vuelto no podía permitirse desempeñar sus funciones a la sombra, ya bastante lo habían criticado. Por eso me pedía la nota interior, no por ponerme trabas ni mucho menos.

Yo entendía todo. Entendía la necesidad de los pasos y los pasos en sí. Entendía que aquel hombre tan enfermo necesitara justificar su trabajo. Que la nota interior no podía firmarla yo, sino Teresa. Que yo debía redactarla y ella repasarla antes de firmar, porque no se puede firmar a tontas y a locas. Que ella tenía que encontrar un hueco para leer la nota y después firmarla, dado que estaba siempre hasta el cuello de ocupaciones.

Pero, al mismo tiempo, no entendía nada. No entendía que esas causas llevaran a esas consecuencias. Algo en medio fallaba. Un escalón hueco. Una trampa.

Como realizar una operación matemática que, en vez de dar como resultado un número, diese *pa de te to da pe do ga cu o po s tico.*

Sin embargo, es normal, me explicó Beni, todo lo que yo le estaba contando era de lo más normal. Habíamos salido a estirar las piernas por los jardines. Beni se dirigía a mí en tono didáctico mientras yo buscaba de reojo a los gatos.

¿Sabes lo que la gente de a pie no entiende?, preguntó. No, dije yo. Que en la administración, cada paso, cada movimiento, está diseñado para alcanzar una meta. ¿Y sabes por qué eso no se entiende? No, ¿por qué? Porque vamos siempre con la vista clavada en el suelo. Yo me sobresalté, pensé que me estaba lanzando una indirecta, pero enseguida comprendí que se trataba de una metáfora. El procedimiento era un camino, quienes lo tomaban olvidaban alzar la vista para contemplar el recorrido completo, no seguían el mapa; al revés, solo miraban sus pies al andar, creyendo erróneamente que con cada paso que daban se alejaban del objetivo. ¡Normal que no entendieran!

Beni cogió aire, esperó en vano mis comentarios, debió de considerar que aún necesitaba más metáforas. Los trámites son como los ladrillos de una casa, continuó, se colocan uno sobre otro, con lentitud y con cuidado. Visto desde fuera, puede resultar un trabajo mecánico y tedioso, pero es la única garantía de solidez. Aquí dejó de hablar y me miró estupefacta. Yo me había agachado a revolver entre las adelfas, ya sin disimulo. Ni huella de los gatos.

No quiero que te decepciones, dijo malinterpretando mi expresión cuando me incorporé. Puede que tu experiencia no esté siendo la mejor del mundo, admitió, pero no es así siempre, *no suele serlo*. Nos habíamos detenido bajo la sombra de un magnolio. Las hojas sombrearon nuestras caras, nuestras ropas. Un estampado móvil, preveraniego. El calor denso y húmedo, el rumor de pequeños insectos invisibles por todos lados. Noté un rastro de sudor sobre sus labios, noté también su vergüenza cuando sacó del bolso un paquetito envuelto en papel de regalo y me lo entregó con brusquedad. ¡Sorpresa!

Lo abrí allí mismo, sin entender qué era aquel artilugio. Ella me lo explicó como si fuera lo más obvio del mundo. ¡El calendario del opositor! Un taco de 365 hojas con un rudimentario sistema de casillas y ruedecitas. El primer día del Año Opositor se fijaba a conveniencia, dado que no existe ninguna norma acerca de cuándo empezar a estudiar, podía ser cualquier mes, cualquier día, ¡podía ser hoy mismo! Cada hoja del calendario incluía una frase de motivación escrita en mayúsculas:

OPOS*Í*TAR LLEVA EL SÍ DEL ÉXITO EN SU NOMBRE.
LAS OPORTUNIDADES NO OCURREN, LAS CREAS TÚ.
TU ESFUERZO ES TEMPORAL, PERO TU PLAZA ES PARA TODA LA VIDA.
OPOSITAR ES SUBIR UNA ESCALERA SIN SABER EN QUÉ ESCALÓN ESTÁS.

Se suponía que aquellas frases debían levantar el ánimo, pero a mí me sonaban más bien intimidantes, coercitivas. Levanté la mirada, le di las gracias y Beni sonrió como si ya me hubiera ganado para la causa. Ya no hay marcha atrás, bromeó, ¡ahora solo te tienes que inscribir!

Empecé a sentirme acorralada, empujada para entrar en el redil, pero no era una posibilidad que pudiera desechar a la ligera. Le prometí a Beni que me lo pensaría.

En relación con el expediente de referencia tal y tal, comenzaba diciendo el documento que finalmente recibí, *se notifica que*, y a continuación se exponían datos que, a mi parecer, no daban respuesta a la pregunta, datos sobre la reforma del albergue social, en qué consistían las obras en sí y lo bien que iban a quedar después *las instalaciones referidas*, con su Salón Multiusos, su flamante espacio de Orientación Sociolaboral y la Rehabilitación Integral de los Baños, así como el número de metros cuadrados afectados, un detallado desglose del presupuesto y la capacidad del albergue expresada en Número de Camas. Sobre la fecha de finalización, en cambio, solo se hacía una estimación aproximada, *dadas las dimensiones de la renovación acometida*.

Sostuve el papel en la mano un buen rato, pensativa, antes de ir al despacho de Teresa. Me la encontré hablando por teléfono, con un esparadrapo en el párpado porque se había sometido a un tratamiento estético para eliminar su verruguita. Le había costado un buen pico, según le estaba diciendo a su interlocutora, pero era mejor atajar el problema de raíz, quién sabe qué pasaría si la verruguita seguía creciendo y se convertía en una *señora verruga*. Ahora me escuchaba con el párpado un poco caído por el peso del vendaje mientras yo le explicaba que la información que me habían conseguido era a todas luces insuficiente. Se caló las gafas, leyó el documento dejando escapar un bisbiseo, me miró por encima de la montura como sin entender. ¿Por qué insuficiente?, preguntó. Porque la cuestión central de la reclamación es qué pasa con la gente mientras el albergue está en obras, y aquí no se hace mención a nada de eso. Es que no es un asunto de nuestra competencia, dijo Teresa. Aquí me quedé totalmente en shock. ¿Para qué había pedido entonces toda esa información? Ella, con cara de te lo explicaré una vez más pero que sepas que ya estoy al límite de mi paciencia, dijo: pues para dar *context*o. Lo único que podíamos hacer nosotras, y no era poco, era explicar las circunstancias que estaban en nuestra mano, no las que correspondían a otras administraciones. ¿Y acaso no se explicaba ahí cómo eran las obras? ¡Menudas obras! ¡Ya quisiera ella una reforma así en su casa! Una *intervención* de esa envergadura, dijo, no se acaba en dos días, eso lo saben perfectamente quienes enviaron la reclamación, no son tan ingenuos. Solo buscan pillarnos en falta, encontrar fallos. ¿O crees que les importan de verdad los vagabundos?, preguntó. Si les importaran, dijo, apoyarían las medidas y reconocerían su valor, arrimarían el hombro, no se limitarían a acorralarnos. Los de esta asociación, créeme, no son nada *imparciales*. Son los mismos que ni rechistan cuando cierran albergues en otros sitios. Manejan distintas varas de medir según quién esté al mando, así que tú verás si te parece poca cosa la respuesta que les damos, que llevamos un montón de tiempo trabajando en esto.

¿Llevamos?, pensé.

Ahora, con todos esos datos, siguió, tenemos que hacer el informe técnico.

¿Tenemos?

El arte del informe técnico, me explicó, consistía en exponer la información de manera clara y comprensible. Seleccionar lo importante, ordenar datos, neutralizar las críticas gratuitas e indiscriminadas, todo eso que ya me había explicado y que era *tan obvio*. Ante mi expresión de escepticismo, dijo: mira, los números son los números, no hay nada que se pueda discutir ante estos números, ¿no? Cogió otra vez el papel, se puso las gafas. Metros cuadrados, tanto. Porcentaje de incremento de superficie, tanto. Inversión total, tanto. Capacidad por número de camas, tanto. Con cada número que leía, daba un golpecito con dos dedos en el papel. Esto, esto, esto, es imposible de rebatir, ¿lo comprendes? ¡La objetividad de los números!

Realizar era mejor que hacer y *recepcionar* mejor que recibir. Los problemas eran *problemáticas*; las personas, *sujetos*. *Indicar* era mejor que poner, *cumplimentar* mejor que rellenar. Los informes se *emitían*, de las reuniones *emanaban* decisiones. Los informes comenzaban siempre con un relato de los antecedentes, que se repetían al comienzo de cada apartado; cuanto más se repetían –o todavía mejor, se *reiteraban*–, más largo era el informe y, por tanto, más riguroso. Con el fin de no reiterar palabras sin ton ni son, se usaban las expresiones *el mismo* y *la misma*. *Implementar* era mejor que poner en marcha y los cambios se *denomina-*

ban –no llamaban– *transformaciones*. Si algo tardaba en llegar era porque había sufrido una *demora*; *incrementar* y *reducir* se prefería a aumentar o disminuir y *preferible* era mejor que mejor. Los dineros eran las *partidas*. Si las partidas no se habían incrementado, se hablaba de *crecimiento cero*; si se reducían también crecían, pero era un *crecimiento negativo*. Dar privilegios era *priorizar*. A la capacidad de aguante se la denominaba *resiliencia*. Los informes estaban *motivados* y *sustentados*. Los problemas nunca se estancaban, se debatían eternamente en *paneles formativos* con la participación de *agentes implicados*. Si la cosa iba en serio, se montaba un *observatorio* que publicaba *boletines*. *Complejizar* sonaba aceptable, mucho mejor que dificultar, que sonaba fatal. Los sufijos valían para dar lustre y por eso se inventaban términos como *asistenciación* o *exclusionamiento*. Las palabras esdrújulas eran muy apreciadas, todos los *diagnósticos, estándares* y *parámetros* eran bienvenidos, y las mayúsculas dignificaban conceptos problemáticos como *Zonas de Transformación Social* o *Itinerarios de Inserción*.

Fue el Monago quien me detalló estas recomendaciones en un imprevisto arranque de locuacidad. Bueno, es mi trabajo diario, dijo envuelto en olor a pictolines. Después, desviando la vista y como si le sobreviniera el pudor por haber hablado tanto, confesó que no tenía el menor mérito. Una vez aprendidos los ingredientes, dijo, solo se trata de remover y combinar. Vaticinó que yo aprendería fácil. Aprendí fácil.

En sus ratos libres, José Joaquín se había aficionado a hacer figuritas de papel. Las dejaba por todos lados o se las regalaba galantemente a las mujeres. A mí me dio una rana que pegaba saltitos si se la presionaba por detrás. Me pareció muy graciosa, una muestra evidente de que nuestro ordenanza tenía buena mano. Pero no todo el mundo pensaba lo mismo. Vaya con la manía que le ha dado, dijo Teresa molesta, qué hace un tío hecho y derecho doblando papelitos todo el día. Lo peor era el descaro con el que se entregaba a aquella tarea, no se escondía lo más mínimo, ¡como si le pagaran por hacer manualidades! ¡Si por lo menos disimulara! José Joaquín usaba el papel que tenía más a mano, folios que sobraban, informes, folletos, formularios e impresos que rescataba del contenedor, violando la privacidad de quien los había desechado –aquí yo tragué saliva–. Palomas, grullas, elefantes, aviones, barcos y saltamontes, en cuyas alas, patas, lomos, asomaba nuestro logotipo; a nivel institucional no resultaba muy respetuoso. Ese es justo el tipo de actitud que da mala imagen a los funcionarios, dijo Teresa, alguien debería decirle que parara y que las pajaritas de papel, mejor en su casa. Yo me limité a escucharla, pero no estaba nada de acuerdo con ese parecer. En mi opinión, José Joaquín dedicaba bastante esfuerzo a arrastrar carros de aquí a allá. Trasladaba expedientes y notas interiores, gestionaba el correo postal, sudaba como un pollo cambiando el tóner de la impresora, no se podía decir que no trabajara. Si entre medias le sobraba tiempo para hacer figuritas, bien por él. Pensé en mis poemas, o en como se pudiera considerar aquello que escribía, que, en gran medida, tenía mucho que ver con las habilidades de José Joaquín. Doblar palabras y darles otro sentido, crear formas, convertir un *diagnóstico* en una orden –¡*di agnóstico!*–, todo por distraerme y sacar algo en limpio del tiempo muerto, con la diferencia de que yo sí disimulaba, no tenía la naturalidad de José Joaquín –que Teresa llamaba *desfachatez*.

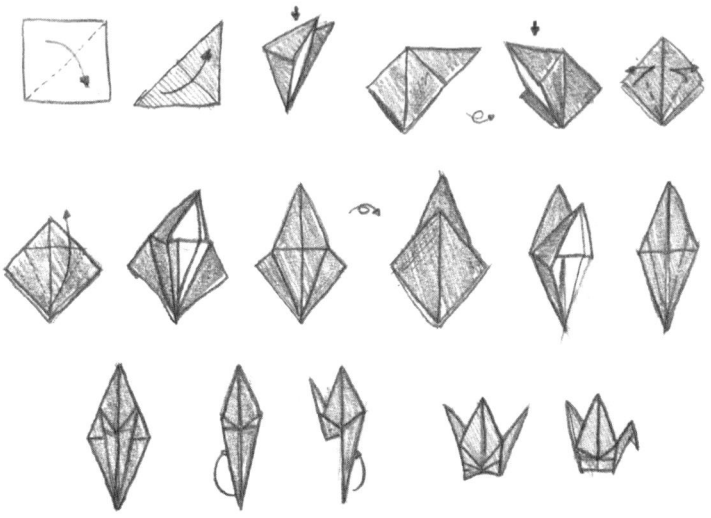

Beni seguía dándome la tabarra con las oposiciones. ¿Todavía no has empezado a estudiar?, me decía. ¿A qué estás esperando? Últimamente le había dado por venir a mi mesa de improviso. Yo le agradecía el interés, pero habría preferido que me avisara antes y no me pillara, qué sé yo, dedicada a mis asuntos privados. Ese día llevaba unas horquillas con unas mariquitas en la punta, debían de haberlas hecho los niños de aquel colegio especial, eran horribles. Yo miré las horquillas y ella miró unos poemas que yo acababa de imprimir y que estaban sobre mi mesa, medio ocultos entre otros papeles. La expresión le cambió de golpe. Vaya, ¿te gusta la poesía?, preguntó. Yo asentí, le conté que había participado en un taller de poesía experimental hacía un par de años, tenía algunas nociones. ¿Me dejas ver?, pidió, y yo le tendí uno de los textos, que estudió atentamente:

Lunatando
Sensorida e infimento

Ululado ululamento
Plegasuena
Cantasorio ululaciente
Oraneva yu yu yo
Tempovío
Infilero e infinauta zurrosía
Jaurinario ururayú
Montañendo oraranía
Aurorasía ululacente
Semperiva
Ivarisa tarirá
Campanudio lalalí
Auriciento auronida
Lalalí
Io ia
i i i o
Ai a i ai a i i i i o ia

Siendo ella tan severa, pensé que iba a censurarme por imprimir cosas que no eran de trabajo, pero me devolvió el folio sorprendida y me preguntó si eso lo había escrito yo. No, claro que no, respondí, es un fragmento de un poema de Huidobro. Se le iluminó la cara: ¡claro, el final de *Altazor*, qué tonta! De pronto, parecía otra Beni diferente, con el pelo alborotado y los labios entreabiertos. Casi diría que se le aflojó el cuerpo, como si el corsé se le hubiera desatado de puro contento. ¿Sabes qué?, dijo en tono de querer revelarme un secreto. ¿Qué?, dije yo. Fue entonces cuando me habló de su amor por la poesía. Se definió como una lectora voraz, una lectora *apasionada*, y ¿sabía yo la bonita colección de libros que guardaba en su casa y que estaba, desde ese mismo instante, a mi entera disposición? Allí podía encontrar juegos de palabras, palíndromos, anagramas, calambures y aliteraciones, si ese era el tipo de cosas que me interesaba, claro. Sus ojos irradiaban placer y excitación, descubrí en ellos unas vetas color miel que nunca le había visto, un matiz manso y entregado, como si yo ya formara parte de su mundo más íntimo. Me insistió mucho en que me prestaría lo que me apeteciera, antologías críticas, revistas, lo que fuera; después podíamos comentarlo juntas, nada le agradaría más que compartir lecturas conmigo, ¡no era fácil encontrar con quién hacerlo! Su transformación fue tan llamativa que llegué a pensar que se había olvidado de la oposición. Pero no. Tras tomarse su tiempo, se recompuso, se enderezó, cambió el gesto y volvió a sacar el tema, erre que erre. Primero el estudio y luego la poesía, dijo sonriendo. ¿Cuándo me iba a inscribir? Beni era mucha Beni.

Luego llegó el verano y el reparto de las vacaciones, que no fue un reparto consensuado, sino una imposición en toda regla que tuve que acatar por ser yo la última mona del departamento. A mí me hubiera venido bien cogerme agosto, pero era el mes que Teresa prefería, y no podíamos irnos simultáneamente, me explicó, teníamos que turnarnos.

¿Por qué extraña razón? No lo sé. Ni yo iba a hacer su trabajo en su ausencia, ni ella el mío.

Pero podría llegar una reclamación urgente, dijo. Estaría mal que se quedase ahí olvidada sin dar al menos acuse de recibo. Peor que mal. Sería imperdonable. Un acto de irresponsabilidad administrativa. Así que ella estaría al cargo en julio y yo en agosto.

Tanta previsión para qué: al volver de vacaciones me enfadó comprobar que ni siquiera había tocado el RPlic@. En el fondo, dio igual, porque no había llegado ninguna reclamación, ni urgente ni ordinaria. Ni una sola reclamación en todo el mes. Ni un solo escrito, petición o pregunta para nuestra OMPA.

Sentada en mi mesa, escuché el ronroneo de siempre solapado con otro mayor, definido y vibrante, que era el del aire acondicionado puesto a toda pastilla. El jefe de negociado número dos hizo su aparición a la hora de costumbre. ¿No tenía vacaciones? Igual se las había cogido como yo y también acababa de incorporarse. A pesar del calor, iba con su ropa de siempre, lo que confirmó mis sospechas acerca de su más que dudoso estado mental.

Buenos días, dijo.

La muerte, pensé yo.

Más de seis meses desde mi llegada y nada había cambiado lo más mínimo.

¿Nada?

Bueno, sí. Yo.

Yo sí estaba cambiando.

En agosto no estuvieron ni Beni ni el Monago. Desayunaba sola, me llevaba mi libro, lo prefería. Tampoco José Joaquín andaba por allí. Sus servicios los suplía el ordenanza del departamento contiguo, un tipo desgarbado al que apenas vi el pelo aquellos días. No estaban ni Echevarría ni Salu y, de los altos cargos, solo iba uno de los siete sabios del comité, a saber por qué. Yo podía pasear a mis anchas por donde me diera la gana. Por los jardines, a primera hora, antes de que el sol golpeara con saña. Mirlos exhaustos, negrísimos, con el pico abierto por el bochorno. Lagartijas que se ocultaban como relámpagos a mi paso. Nubes pesadas, fanfarronas, que amagaban con estallar pero no estallaban. En el interior del edificio, puestos desocupados. Departamentos enteros vacíos. Las luces apagadas, el aire acondicionado funcionando. En una mesa, de pronto, alguien sentado como por error. Nuestras miradas se cruzaban. Cazados mutuamente.

Si allí había vida humana, era de otra clase. Era preciso buscarla con atención, como cuando se toma el pulso en la muñeca o en las sienes y cuesta pillarlo pero al final se localiza, *pum pum pum,* lento y constante. Un hombre echándose una siesta en su sillón reclinable, con una almohada traída de su casa. Otro que lavaba su coche en el parking con cubo, bayeta y limpiacristales, envuelto entre el rumor de las chicharras. Una mujer haciendo ejercicios con una pelota de pilates en mitad de un pasillo, inspiración, espiración, exhalación profunda, brazos separados, mentón al pecho. Funcionarios que chateaban riendo suavemente, sin saberse observados, junto a otros que se quemaban las pestañas analizando interminables hojas de cálculo o estampando sellos de registro, agotados y pálidos por el exceso de trabajo.

El mundo exterior se emborronaba, desaparecía, mientras que ahí dentro todo se afinaba, se volvía más nítido y adquiría multitud de matices que yo ya era capaz de distinguir como una experta.

Pensé: ya casi me he convertido en funcionaria.

Septiembre comenzó con una inesperada petición del comité de sabios, algo que hizo saltar todas mis alarmas. *Resultados,* dijo Teresa extendiéndome la nota interior correspondiente, quieren resultados. ¿Qué tipo de resultados?, pregunté. Resultados, resultados, respondió ella impaciente, no es tan complicado de entender. Recién aterrizada de su veraneo en el extranjero, bronceada y visiblemente harta de sus hijos adolescentes, Teresa estaba más irritable que de costumbre. A ver, que es muy sencillo, dijo, no pongas esa cara, y me explicó que por resultados solo se entendía el número de reclamaciones recibidas. El camino que estas reclamaciones recorrieran después no era relevante, lo importante era el número. Cada resultado se contabilizaba como un éxito según la equivalencia *1 reclamación = 1 éxito*. Cuantos más éxitos, mejor nota en la evaluación.

Vale. Yo ese dato me lo sabía de memoria y bien que me avergonzaba. Ella también debía de saberlo, probablemente sin avergonzarle tanto, como lo sabían los sabios del comité, que nos habían enviado la petición por puro trámite. Llevábamos catorce reclamaciones en cuatro meses. De ellas, doce en los dos primeros meses y dos en los dos últimos, un recorrido desde la escasez hacia la extinción, más bien un derrumbe. A mí me parecían unos datos de pena, aunque tal vez ellos los consideraran adecuados. ¿Qué era lo normal, qué lo aceptable? Yo ya había perdido todas las referencias. Las OMPA de otras administraciones no facilitaban la cifra de reclamaciones tramitadas, por más que yo las buscara. Tal vez esa información no le interesaba a nadie, o tal vez era solo de uso interno, confidencial, y se precisaba todo un protocolo para obtenerla.

Pocas. El comité de sabios determinó que catorce reclamaciones en cuatro meses eran pocas. Tan pocas que acordaron celebrar una reunión extraordinaria con un único punto en el orden del día: *Propuesta de Mejora de Accesibilidad Ciudadana para el Incremento del Número de Reclamaciones Recepcionadas en la OMPA.*

De aquella reunión nació la idea de activar una línea telefónica gratuita. Un número 900 para ampliar el *espec-*

tro, anunció Echevarría dando un palmetazo sobre la mesa, y serás tú quien te encargues de atender las llamadas, dijo señalándome con su índice categórico. Nos había citado en su despacho a Teresa y a mí para informarnos de la medida. Con la cara encendida, el pelo húmedo, daba la impresión de estar molesto, como insinuando que alguien estaba haciendo las cosas fatal, y que ese alguien no era él. Si tanto le cuesta a la gente enviar un escrito o rellenar un formulario, dijo, que hagan una *llamadita*, por nosotros no va a quedar. Yo me atreví a hacer un comentario constructivo acerca de los folletos y carteles publicitarios que ya se habían distribuido, en los que no aparecía mención a ningún teléfono, ¿se iban a imprimir otros nuevos?, pero Teresa me fulminó con la mirada y luego, al salir del despacho, me reprendió por bocazas. Deja que cada cual se encargue de su trabajo, me advirtió, lo que me recordó los consejos de mi madre acerca de no asomar el hocico donde no se me espera. Por otro lado, dijo, tampoco nos convenía que se saturara la línea, la gente ve un teléfono gratuito y llama por llamar, es una *bomba de doble filo*. Aquello me asustó un poco. De ser verdad, ¿cómo iba a manejar esa bomba?

La línea gratuita se activó redirigiéndola al teléfono de mi mesa. Ahora yo tendría que controlar al máximo el frenillo. Hablar despacio, en voz alta y clara, para informar debidamente a los usuarios –*interesados*, me corregía Teresa– y recabar los datos obligatorios con que poder tramitar sus asuntos. Volví a mis ejercicios fonatorios mientras observaba el aparato con angustia, como un intruso que se hubiera sentado ahí encima solo para sacarme fallos. El primer día no llamó nadie, el segundo tampoco, el tercero llamó una mujer que quería encargar cápsulas de café. ¿Cápsulas de café?, repetí. Como ella insistía, llegué a pensar que era un término administrativo para designar algo que yo desconocía, tipo *pliego de condiciones* o *apud acta*. Pero no, quería café de verdad, un pedido de cápsulas, por favor, seis cajas, mitad ristretto y mitad cappuccino. Cuando le dije que se había confundido de número se quedó muy sorprendida. ¿No es ahí Nespresso?, preguntó. No, no. ¿Seguro?, insistió desconfiada, pero ¡si llamé la semana pasada y era! No, dije yo, esto es una administración pública, una Oficina de Mediación y Protección Administrativa, añadí ampulosamente, pero cuando intenté explicar nuestras funciones la mujer cortó sin disculparse.

En los siguientes días hablé con más personas necesitadas de café. Aquellas eran las únicas llamadas que recibíamos. Consumidores de Nespresso que no se conformaban con las cápsulas de imitación de los supermercados. Dueños de restaurantes, gerentes de hoteles, de gimnasios y clínicas con cafeteras de cortesía para su clientela. Personas confundidas, estresadas por el trabajo, que me contaban sus preocupaciones logísticas sin darme margen para intervenir. Colgaban decepcionadas, sin creerse del todo lo que yo les decía.

El teléfono de la OMPA y el de Nespresso solo se diferenciaban en un dígito. Se lo comenté a Teresa por si podía buscarse alguna solución y evitar los errores, pero ella se limitó a decir: ¡a saber cuántos quieren llamarnos a nosotros, se equivocan y llaman a Nespresso!

Había tantas cosas que yo no sabía. Con el tiempo, empecé a sospechar que ni las sabía yo ni las sabía nadie. Preguntar se convirtió en un acto de mala educación. La simple formulación del deseo de saber podía interpretarse como un cuestionamiento o una crítica. ¿Por qué se seguía un procedimiento? Porque se había seguido desde hacía años. ¿Por qué se requerían y almacenaban datos que jamás se consultaban? Porque era la costumbre. ¿Por qué determinado trámite debía ser aprobado antes de realizarse si la respuesta siempre era afirmativa? Porque a alguien, algún día, debió de parecerle buena idea.

O, más cercano aún, ¿por qué estuvieron tres becarias en el departamento, durante todo un mes, si no había ninguna función que otorgarles? Porque existía un convenio con la universidad y había que cumplirlo.

Más que ocupar sus puestos de trabajo, era como si hubiesen caído directas desde el cielo, por azar, tres chicas muy altas y muy lánguidas, con el pelo muy lacio y muy largo y las pestañas saturadas de rímel. Debían de tener la misma edad que yo, o quizá un año menos, y me consideraban una privilegiada por disponer yo de una interinidad por vacante y ellas no. Cuando las saludaba, levantaban los párpados y me estudiaban, para después concluir que no merecía el más mínimo interés. Jugaban con el móvil, bostezaban, se limaban las uñas, no hacían nada. Las tres habían superado un complejo proceso de selección y pasado por un montón de papeleo para acceder a su mes de prácticas. Las habían colocado en la entrada, en pequeñas mesitas entre el mostrador de José Joaquín y la puerta de los ojos de buey, un lugar claramente insuficiente para tres personas de metro ochenta. Iban de un lado para otro como gacelas en una jaula, atrapadas, sin hablar con nadie o hablando entre ellas con ronroneos. Al principio, José Joaquín no se las tomaba en serio, las agobiaba regalándoles figuritas de papel y les hacía bromitas tipo aquí vienen las tres gracias, hasta que una de ellas se enfrentó un día y le advirtió: no más.

Una vez las pillé riéndose de Beni a sus espaldas y me dio rabia. Pensé: ¿quiénes creen que son? Comprendí que algo en mi interior ya estaba aceptando mi situación allí. De alguna manera, me iba apropiando de mi parcelita de terreno, ese rincón en mitad de la nada que al principio me había resultado tan hostil y que ahora ya era mío. Fue una revelación incómoda y desconcertante. Creo que por eso me alegré tanto cuando se fueron.

Una mañana, al entrar en el recinto, los gatos resurgieron como de la nada. Qué extraño, pensé. ¿Era un espejismo, una ilusión óptica? No habían crecido. O quizá habían crecido y yo no era capaz de distinguir su minúsculo crecimiento. Seguían siendo diminutos y traviesos, cinco gatos de distintos colores con una madre que no les quitaba ojo de encima. Tan escurridizos que resultaba imposible mirar a dos al mismo tiempo; en cuanto fijaba la atención en uno, otro salía de plano. Sentí una alegría nerviosa estando ahí, a su lado. Más que alegría, avidez, codicia, la constatación de estar viva. Un juego. Su existencia era un juego de inagotables variantes y combinaciones. Nunca había visto gatitos como esos. ¿Cómo podía ser que nadie más se parara a mirarlos?
Entonces sonaron unos silbidos, unos gritos. Los gatos, asustados, huyeron a toda velocidad saltando entre el espesor del granadillo. Roto el hechizo, miré alrededor. Los silbidos, los gritos, provenían de un grupo de visitantes que parecían muy enfadados. Eran muchos, protestaban por algo. Algo que, pensé, tendría que ver con nosotros, quizá con nuestro departamento y, por extensión, conmigo misma. Al igual que los gatos, yo también me asusté.

Entré en el edificio, me senté en mi sitio, noté que algo había cambiado de lugar, pero no supe qué. Algo pequeño, casi insignificante, que sin embargo lo modificaba todo. La distancia entre la silla y la mesa. Mi cuaderno de anillas, unos milímetros más arriba que el día antes. El ángulo de la pantalla del ordenador. El calendario de Beni, girado hacia la izquierda, cuando yo juraría haberlo dejado hacia la derecha. O quizá nada de eso. Quizá otra cosa.

No identificar el origen del cambio me dejó en un estado de alerta, expectante, como a punto de alcanzar algún tipo de conocimiento que debía de rondar, muy cerca, quizá ante mis narices, pero que por alguna razón todavía no era apta para entender.

PLIEGO DE DESCARGO

Un motín, lo llamaron después. Un espectáculo, también, pero no en el buen sentido, sino en el de ese tipo de escenas incómodas para las que nadie paga entrada. Un caos lamentable, comentó Beni con tristeza mientras Teresa, siempre un punto más dura, aludió a la imagen tan nefasta que daban esa clase de altercados. Y todo por el nuevo sistema de atención al público, dijo, que era mucho más organizado y funcional que el de antes, dónde va a parar. Se mirara por donde se mirara, la asignación de citas por teléfono o internet, con día y hora, era mejor que la llegada al tuntún. Pero con esta gente, decía Teresa, no hay manera de acertar. Si existen las colas, se quejan de que son inhumanas; si se quitan las colas, se quejan del fin de las colas. El caso es quejarse.

La medida estaba anunciada bien clarita en el acceso al recinto, SOLO SE ATENDERÁ A PERSONAS CON CITA, y, aun así, la gente se había presentado. Las citas están agotadas, les advirtieron en el control de entrada. Agotadas estamos nosotras, contestó una mujer, estamos hasta el coño. Señora, por favor, no monte una escena, le indicó amablemente el de seguridad. La señora dijo que ella montaba las escenas que le daba la gana y que de allí no se iba hasta que no la atendieran. Otros visitantes la secundaron, se sentaron en el suelo, dijeron también que estaban hasta el coño o hasta la polla, según cada cual. Como eran muchos y no tenían nada que perder, allí que se quedaron gritando lo primero que se les ocurría. Mira dónde tengo cogida la cita, decía uno llevándose la mano a la entrepierna, la cita me pita, me pita, me pita, y los demás le coreaban. Alguien arrojó huevos contra una pared; que los llevara encima ya hacía pensar que había ido con la idea de liarla, porque ¿quién se presenta a resolver trámites con una docena de huevos dentro de la mochila? Ante una provocación tan vulgar, los de seguridad no podían hacer nada, salvo esperar a que los alborotadores se cansaran. Pero no se cansaban. ¿Usar la fuerza? Ni pensarlo, sería alimentar el escándalo.

Las protestas continuaron un par de semanas, aunque se fueron debilitando día tras día. A primera hora, un pequeño grupo de manifestantes se agrupaba en la entrada, cinco o seis personas como mucho que se iban turnando y desplegaban la misma pancarta, NO A LA IMPOSICIÓN DE CITA PREVIA. Llevaban ropas oscuras y nada vistosas, chándales y prendas por el estilo, sudaderas, camisetas de propaganda, gorras. Los de seguridad los apartaban a un lado para que no impidieran la entrada a los funcionarios. O para que no los acosaran, protestaban algunos, porque a veces los hostigaban y les entregaban octavillas, papelitos pobremente impresos con frases del tipo LA CITA PREVIA ES EL MIRLO BLANCO o MÁS DIFÍCIL QUE EL SUELDO DE NESCAFÉ. Los primeros días voceaban sus lemas con energía, luego empezaron a cansarse y solo los decían a desgana y cuando se acordaban. Se sentaban a comer su bocadillo a palo seco y al rato reanudaban el jaleo. Por la forma en que nos miraban daba la impresión de que nos consideraban culpables.

Con una de aquellas octavillas en las manos, tuve una idea.

Expuse lo que ellos exponían. Que el teléfono para pedir cita previa siempre comunicaba o nunca se atendía. Que por internet, el día que al programa le daba por funcionar –porque el resto de los días se quedaba colgado–, solo era para avisar de que no quedaban citas disponibles. Que los certificados digitales para conseguir cita también requerían citas que tardaban muchísimo en concederse. La cita previa era el mirlo blanco, el trébol de cuatro hojas. Más difícil de conseguir que el Euromillón. Más que correr siete maratones. Lo expuse de varias formas diferentes, en escritos largos y cortos, formales e irónicos, uno de ellos muy cabreado y con insultos porque entre quienes protestaban también los había muy cabreados y que insultaban.

No lo medité mucho. Ni siquiera un poco. A decir verdad, no lo medité nada de nada. Fue como obedecer una orden más, esta vez emanada de un conjunto de voces y razones que habían colonizado mi cabeza.

Envié cinco reclamaciones firmadas por Luisa, Jessica María, Jacobo, Pedro Ángel y Segismundo, con sus correspondientes apellidos y direcciones postales ficticias, lo que alegró mucho a Teresa por razones estadísticas, porque respecto a los motivos, dijo, seguía estando profundamente en desacuerdo.

Las reclamaciones falsas recorrieron el cauce administrativo sin que nadie sospechara lo más mínimo. El comité de sabios las consideró con interés, debatió largamente sobre su contenido, hizo sesudas reflexiones que se recogieron en acta y, tras la oportuna votación, acordó encargar un informe técnico.

Como el asunto iba para largo –tenía que esperar a que el departamento aludido me pasara los datos necesarios–, pensé: ¿por qué no inventar más reclamaciones? ¡Había sido tan sencillo, tan rápido!

Caí en la tentación. Envié otra reclamación más. Y otra. Y otra. Se me ocurrían sobre la marcha, espontáneamente. Personajes, argumentos, motivos. Algunos escritos sonaban muy razonables y sensatos, otros eran tan disparatados e incoherentes como la vida misma. Estas personas se dirigían a nosotros por asuntos de lo más variopintos. La tarjeta de dependencia. Una solicitud de asilo. Goteras en la vivienda familiar. La convalidación en el extranjero de un título universitario. Peleas entre hermanos por una herencia. El formulario A38, que se les reclamaba con urgencia y no les era posible obtener. Las respuestas que el comité de sabios acordaba darles eran frías, formulísticas: lamentamos comunicarle que el asunto de su reclamación no es de nuestra competencia. O bien: diríjase a tal o cual lugar, gracias por su atención. Yo enviaba tres o cuatro reclamaciones por semana, lo que elevó notoriamente el volumen de expedientes, es decir, el número de éxitos. Balance positivo, triunfal si se lo comparaba con los desastrosos resultados de los primeros meses. Teresa estaba contenta. Echevarría, satisfecho. Yo, profundamente aliviada.

Otoño desplegándose. Olores nuevos, profundos. Un grupo de cernícalos aleteó sobre mi cabeza a toda velocidad. *Zum zum zum*. Descargas eléctricas. La luz dorada bajo el magnolio. A un lado, palmeras recortadas sobre el pálido cielo azul brumoso. Al otro, filas de coches impolutos, buenos coches en mi opinión sin tener yo mucha opinión sobre el tema. Funcionarios trajeados caminando dinámicos, hablando a grandes voces por teléfono. Otros moviéndose como a cámara lenta, introspectivos, despeinados, vestidos de cualquier modo. Pasillos llenos de gente que se vaciaban por entero diez minutos más tarde. Ascensores y salas, encuentros. Mis pies alados llevándome de un lado a otro. El jefe de negociado número dos y sus rarezas. Ahora yo trabajaba, él no. Me pregunté si habría notado el cambio.

Un día me lancé a comenzar una conversación. Ese pasillo, le dije, que al principio me había resultado tan aislado y tan triste, ahora me gustaba. Todo aquel lado del departamento resultaba muy agradable en realidad, tenía sus ventajas, ¿él pensaba lo mismo o hubiera preferido ocupar un despacho en la otra ala? En cierto modo, le estaba tendiendo una trampa, quería que se posicionara sobre su destierro, pero lo que me contestó no tuvo ningún sentido. Murmuró algo así como que había que agradecer la mala suerte y que, al menos, de la cintura para abajo todavía no estaba inmovilizado. ¿Sus compañeros de despacho, esos que no se presentaban nunca, él los había llegado a conocer?, pregunté. Se quedó con la mirada perdida, abstraído, y al rato dijo que eran dos; uno le caía bien, el otro, mal. Tuve curiosidad por saber si yo le caía bien o mal, pero no me atreví a adentrarme en un territorio tan íntimo. A cambio, le mencioné los gatos, que crecían tan poco y tan lentamente y que eran tan difíciles de ver. Porque hay que, dijo, y se detuvo. *Acechar*, dije yo. Eso es, acechar, hay que acechar. Comprendí que aquel diálogo no nos llevaba a ningún sitio, que ese hombre estaba realmente de los nervios y que, además –aunque en este punto es posible que yo me estuviera obsesionando–, cada vez olía peor. Seguiré acechando entonces, dije para acabar. Y él asintió: muy bien, porque aquí nadie más acecha.

Desde que envié las reclamaciones sobre el sistema de cita previa hasta que recibí los datos necesarios para redactar el informe habían transcurrido dos meses con todos sus días. El documento que me enviaron, con más páginas de lo esperable, estaba repleto de cifras, porcentajes y tablas; sin duda merecía el tiempo que había invertido en él el funcionario que lo firmaba. Lo imaginé sentado en el escritorio de una zona común, consultando registros meticulosamente y en silencio, recabando datos con precisión y objetividad administrativa cien por cien, sin florituras. Era un análisis muy bien hecho, el esfuerzo generoso de alguien que se tomaba en serio su trabajo.

Desde la implantación del nuevo sistema, decía el documento, el número de teléfono para coger cita había recibido 9.580 llamadas. De ellas, se habían asignado 3.621 citas, porque no todos los que llamaban debían dirigirse a ese sitio –gracias a este sistema, por tanto, se les ahorraba el trastorno de presentarse donde no era y el consecuente atasco en mostradores–. En cuanto a las personas finalmente atendidas, la cifra descendía a 2.408 –el porcentaje de absentismo, es decir, de gente que no acudía a las citas, era muy alto–. A ellas había que sumar otros 81 ciudadanos que consiguieron su cita a través de la plataforma digital –se esperaba que el uso del certificado electrónico, todavía *residual*, creciera en el futuro–. A continuación, se ofrecía un perfil demográfico de los sujetos atendidos en función de variables como edad, sexo, lugar de residencia y nivel de estudios, y se desglosaban los resultados de una encuesta posterior que arrojaba un 79 % de satisfacción. ¿Ventajas confirmadas? Mejora en: a) La tecnologización de los procesos. b) La planificación de recursos. c) La atención personalizada. d) La evaluación de los procedimientos implementados.

Ante datos expuestos con tanta solidez, el comité de sabios acordó desestimar todas las reclamaciones recibidas. Yo, con cierto remordimiento, como si aquellas personas existieran de verdad, tuve que escribir cinco cartas iguales informando del archivo del expediente para Luisa, Jessica María, Jacobo, Pedro Ángel y Segismundo.

9.580 llamadas. Eso significaba un montón de funcionarios atendiendo al teléfono sin tregua, ocho horas al día, con la única función de asignar cita, mientras que al número de la OMPA no llamaba nadie, salvo compradores de cápsulas de café y, excepcionalmente, gente confundida o desequilibrada o aburrida. Como aquel hombre que nunca decía nada. Yo le informaba del lugar donde estaba llamando, de la utilidad de ese número de teléfono, de las vías y métodos a su disposición para interponer una reclamación administrativa, pero él, ante cada afirmación mía, solo jadeaba, decía sí o vale o más, y yo seguía porque era mi obligación seguir. Nuestras conversaciones, si es que a aquello se lo podía considerar conversar, duraban muy poco, dos o tres minutos como mucho, hasta que él colgaba tras haber soltado una especie de estertor que yo prefería no interpretar. Teresa me dijo que era un pervertido, que colgara sin dudarlo cuando volviera a llamar, entre otras razones porque estaba ocupando una línea telefónica de atención al público que otras personas podían necesitar

–ja, pensé–, pero Beni, tras reflexionar un poco, manifestó sus recelos; mientras hubiera algún resquicio para la duda, nuestra misión era facilitar el acceso a la ciudadanía sin restricciones. Teresa la miró de reojo, despreciativamente, y aseveró: un pervertido, te lo digo yo, como si ella misma tuviera que lidiar con montones de pervertidos cada día y los identificara a distancia.

Si alguien me hubiera preguntado a qué me dedicaba en mi trabajo, alguien de fuera, quiero decir, no habría sido capaz de describírselo con una sola frase. Las palabras que pudiera usar, por sí mismas, no significarían nada. Habrían sido precisas muchas frases, muchas explicaciones, aclaraciones y desvíos, párrafos e incluso páginas completas con preámbulos y anotaciones al margen, algo así como un detallado informe técnico, para llegar a algún sitio, y aun así ese sitio estaría lleno de trampas y oquedades, de puntos ciegos. Mi vida se había vuelto muy extraña.

¿Qué sería de mí dentro de un mes, dentro de tres meses, dentro de un año, dentro de cinco años, dentro de diez años? Ante la incertidumbre, empezaba a barajar seriamente la opción de opositar. Hacerle caso a Beni, a mi madre y al mundo, aunque no compartiera sus argumentos por completo.

No es que las dudas se hubieran disipado. Ahí seguían, rodeándome. Pero quizá Beni tenía razón. Si tanta gente se alistaba a ese ejército, pensé, sería por algo. Porque si no, ¿qué? ¿Esperar a que mi interinidad acabara? ¿Solicitar una renovación y marchitarme un poco más? ¿O irme fuera de allí? ¿Dónde, a buscar qué, con qué galones? Para esas preguntas, yo no tenía respuestas.

Una los puntos y descubra la figura. No había mucha ambición en resolver el enigma, solo era el dibujo que quedaba después de eliminar otras opciones.

Pero al menos me ofrecía una respuesta.

Descartado apuntarme a una academia por mis limitaciones presupuestarias, busqué una web donde descargar gratis el temario. ¿Podía imprimir todos los temas como quien imprime informes de trabajo? Bueno, si lo hacía poco a poco y con discreción... Luego pensé: son papeles, qué más da, papeles que se subrayan y analizan como cualquier otro documento, no hay por qué ocultarse. En cierto modo, preparar una oposición allí dentro no suponía faltar a mis obligaciones. Podía entenderse como una inversión, un pacto con el trabajo mismo. Un compromiso de fidelidad.

Eran 104 temas de una media de 23 páginas por tema, lo que daba un total de 2.392 páginas que yo debía meterme en la cabeza, una tras otra, en tan solo unos meses.

Ahora entendía por qué quienes se presentaban a una oposición no hablaban de aprobar, sino de alcanzar una cima y *ganar*. Una oposición es una competición donde hay vencedores y vencidos, como una carrera de obstáculos, como una guerra. Solo ganan los más rápidos, los más listos, los más eficientes, los más disciplinados, los más obedientes, los que no se distraen, ni dudan, ni se entretienen ni se equivocan, los que nunca dan rodeos ni jamás se entregan a ninguna flaqueza.

Dudé de mi capacidad para escalar esa montaña.

En la hoja del día, muy oportunamente, Martin Luther King aconsejaba: NO MIRES LA ESCALERA AL COMPLETO, SOLO DA EL PRIMER PASO. Claro que sí, pensé yo. Martin Luther King, preparador de oposiciones.

Beni, tan vehemente, se asomaba por mi mesa para traerme poemarios y revistas, solo para que te despejes, decía, haciéndome prometer que no me distraería del estudio más de la cuenta. Ella prefería la poesía clásica, le volvía loca Lope de Vega y era capaz de recitar *El infinito* de Leopardi en italiano –*e il naufragar m'è dolce in questo mare*, declamaba muy erguida, y luego se encogía con timidez–. Pero nunca trataba de llevarme a su terreno, más bien sentía curiosidad por el mío, que era el de la palabra desquiciada. Me regaló un libro de Nicolás Guillén envuelto en un papel infantil de osos con globos. *Tumba del negro, caramba / caramba, que el negro tumba: / ¡yamba, yambó, yambambé!*, cantó a toda voz sin importarle dar el espectáculo. Sentada a mi vera, con las gafas colgando del cuello con un cordón dorado, me decía busca caligramas en internet, busca palíndromos, se ponía las gafas y los analizábamos. Cualquier día de estos me animo y te traigo *elbrosa*, soltaba con aire travieso, como quien le promete a un niño un juguete. Yo no entendía qué era *elbrosa*, sonaba como si me fuera a traer regaliz o jabón perfumado, hasta que una mañana vino con un señor libro que me mostró teatralmente. Era un catálogo razonado de Joan Brossa que, al parecer, valía una fortuna. Su marido se lo había regalado en el décimo aniversario de bodas, no había podido acertar más, ¿verdad? Sonreía picarona, era la primera vez que yo le veía esa sonrisa. Su marido, pensé. ¿Cómo era su marido? Lo imaginé idéntico a ella pero en hombre, un funcionario con corsé y gafas y algún detalle excéntrico como unos calcetines de colores o un chullo peruano. Sabía que no tenían hijos, que vivían en un piso amplio con buenas vistas, que escuchaban música clásica y que los fines de semana pedían comida japonesa a domicilio. Ahora, en aquella sonrisa, pude atisbar una pizca de sexo. Un marido también tenía esa función, ¿no?

Yo no quería herirla. Agradecía sus atenciones y me encantaba que me trajera *material*, como ella lo llamaba, pero prefería leerlo a solas. A menudo la evitaba inventándome excusas que se tragaba sin más. Mencionar la oposición bastaba para que se retirara, orgullosa de mi fuerza de voluntad, aunque ahí me sobrevaloraba, porque hasta el momento yo solo había picoteado entre los temas, cogiendo uno y soltando otro, sin constancia ni determinación. No le conté que escribía, nunca sentí la tentación de enseñarle nada. Los poemas, los míos, eran muy malos, yo lo sabía de sobra. No surgían del talento, como los de Nicolás Guillén o los de Joan Brossa o los de Salette Tavares, todos aquellos que de verdad se habían dedicado a romper y arriesgar. Surgían de la anomalía y el atajo, y de ahí, como es bien sabido, nunca puede salir nada bueno.

arrranhisso

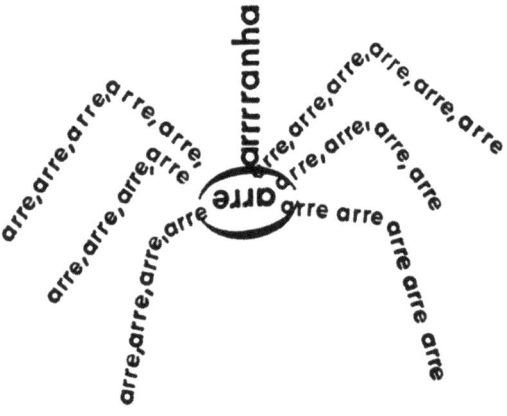

Desde mediados de diciembre hubo una bajada de guardia general. El ambiente escolar de los días previos a las vacaciones. Felicitaciones, despedidas, abrazos. Buenos deseos, los mejores. Se interrumpieron las reuniones del comité de sabios, los expedientes que estaban en trámite quedaron en suspenso, pendientes de una firma o de una nota interior o de un voto particular. Teresa se dedicó a coordinar la compra de lotería para todo el departamento y hubo quien se apuntó al juego del amigo invisible. Guirnaldas de los chinos, un árbol de plástico con bolas del año pum, papanoeles recortados y pegados en las paredes hechos por los hijos e hijas del funcionariado en edad de tenerlos, el minimalista christmas institucional colocado en precario equilibrio sobre las mesas, bandejas de mantecados baratos dejadas en cualquier sitio que nadie se comía, José Joaquín construyendo belenes de papel y cantando villancicos, *la Virgen como es gitana a los gitanos camela, san José como es gachó se rebela, se rebela*, riéndose entre dientes, bromeando incluso con los superiores ante los que solía mostrar reverencia.

La Secretaría General organizó una copa navideña para todo el departamento —Salu la organizó, mejor dicho—, y allí que estaba, mezclado entre sus subordinados, un Echevarría distendido, todo simpático, achispado no sé, pero sí colorado mientras intercambiaba bromas con Jenny, la limpiadora de las uñas creativas. Teresa me estampó dos besos efusivos y sinceros, Beni dijo que triunfa el amor y a su fiesta os convida —aclarándome para mi tranquilidad que era un verso de Rubén Darío—, el Monago se dignó a comerse un montadito de caña de lomo y hasta Víctor, replegado en una esquina con los suyos, me pareció en aquel momento un chaval merecedor de todo mi respeto. Bueno, me dije, la Navidad y el vino blanco me están ablandando, o quizá aquella vida no era tan mala, quizá, como decía mi madre, yo era una *suertuda* por formar parte de la celebración administrativa.

Con el ímpetu de los propósitos de año nuevo, me puse a hacer exámenes de prueba. Cuestionarios tipo test que me proporcionaba Beni, plagados de preguntas trampa que alguien retorcido había puesto ahí solo para provocar errores. Para cazar a los incautos y a los despistados, a personas como yo, incapaces de memorizar cuántos artículos componen el título preliminar de la Constitución –¿once?, ¿diez?, ¿nueve?, ¿ocho?– o dónde está recogida la regulación de las garantías y derechos fundamentales –¿en el Título III?, ¿en el Capítulo II del Título II?, ¿quizá en el Capítulo IV del Título I?, ¿o era en el Título IV?–. Para eliminarnos sin compasión y hacer la criba, porque ¿qué utilidad tenía saber aquello?, me preguntaba yo. Como contar el número de libros que hay en las baldas de una estantería y no leerlos. Tú memorízalo, insistía Beni, la utilidad está muy clara: aprobar la oposición; algún método de selección tiene que haber, ¿no? Quienes memorizan las preguntas cumplen con su parte del pacto. Desean mucho, pero mucho, acceder a la función pública, mientras que quienes no hacen ese esfuerzo quizá no lo desean tanto. ¿Y quienes no tienen tiempo de estudiar?, pregunté. Ella suspiró y me contempló con resignación. Ese es otro problema, dijo, y además no es tu caso.

Yo leía los enunciados lentamente, pero me distraía con cuestiones menores. A veces, Parlamento se escribía en mayúsculas y otras no. Lo mismo ocurría con Decreto (decreto) o Reglamento (reglamento). Una pregunta aparecía en interlineado simple, cuando todas las demás estaban en doble. Algunas comenzaban con mucho preámbulo y en imperativo, otras iban a tiro hecho y sin rodeos. Por defecto, el trato era de usted, pero inesperada y alegremente aparecía algún tú. Al leer las opciones en voz alta, se creaba un ritmo interesante –*a propuesta del Rey / a propuesta de la comunidad / a propuesta de ambos / a propuesta de otra autoridad*– o se producían bonitos efectos sonoros

—*cabildos isleños / cabildos insulares / cabildos o concejos / cabildos, concejos y consejos.*

La mayoría de las veces respondía sin saber o respondía con mil dudas, como de puntillas. Y aunque siempre suspendía, no eran suspensos nefastos, a veces bordeaba el aprobado y eso nos ponía de buen humor, a Beni y a mí, porque significaba un avance, escalón a escalón hacia la cima.

Iba en el ascensor cuando una funcionaria que hablaba por el móvil comentó que subía a la terraza a fumarse un cigarro. Tardaría solo diez minutos, prometió a quien fuera que estaba al otro lado del teléfono, podían ir empezando la reunión sin ella. Colgó, me sonrió y yo me pregunté a qué terraza se estaría refiriendo. ¡A mí nadie me había hablado nunca de una terraza!

Me quedé a su lado dispuesta a averiguar más. El ascensor llegó hasta la última planta, salimos las dos una detrás de otra. Recorrimos un pasillo, nos cruzamos con personas que venían en sentido contrario, la funcionaria las saludó con brevedad pero con confianza, como se saluda a los desconocidos que se ven a diario. Subimos por una escalera secundaria, yo le seguí los pasos a distancia tratando de parecer menos descarada de lo que sin duda estaba siendo. Al final de la escalera había una puerta de seguridad de las que se abren presionando una barra. Abrió ella y yo me colé detrás.

Un chorro de luz me golpeó la cara inesperadamente, como si saliera de un túnel después de haber pasado meses y meses excavando bajo tierra. La claridad, tan deslumbrante, me hizo engurruñar los ojos. Oxígeno a raudales. ¿Cómo podía llevar allí dentro tanto tiempo sin saber que existía aquel lugar?

El sol encharcaba las losas de cemento, refulgía marcando la humedad en las junturas. Líquenes negros, musgo amarillo, hierbajos abriéndose paso ante la más mínima posibilidad de vida. Algunos funcionarios, solos o en pequeños grupos de dos o tres, charlaban o fumaban o simplemente permanecían en silencio, al aire puro. Estábamos a una gran altura, yo jamás había imaginado que el edificio fuese tan alto, desde fuera no lo parecía. Me asomé con un ligero vértigo. El muro de hormigón me llegaba hasta el pecho. Había pájaros volando por debajo. Estorninos, vencejos, lavanderas. Construcciones lejanas que identifiqué como cuando se observa una maqueta. Torres de oficinas, viviendas y hoteles, el centro de convenciones y el estadio deportivo, todo envuelto en una veladura celeste o grisácea o pajiza, según la lejanía. Recorrí el perímetro de la terraza asomándome aquí y allá. El espejo del río, sus tonos plateados, los puentes presuntuosos, campos de cultivo en el horizonte, lomas suaves. Nubes agolpadas, muy blancas y compactas, sobre la aglomeración verde de un parque, verde pálido y verde botella y verde amarronado. En la circunvalación de la autopista, coches diminutos avanzaban lentos y disciplinados incorporándose al cauce. Los edificios de la periferia componían figuras geométricas, pentágonos y hexágonos que solo se distinguían así, contemplándolos desde el cielo. Tengo que subir más, pensé con excitación, tengo que venir un rato cada día, dibujar esto o ponerlo en palabras como sea, no olvidarlo.

Entonces la vi. Aunque, más que verla, primero fue sentirla. Una aparición, su voz cantarina y profunda, una voz sin palabras porque en ese momento no entendí qué me dijo, solo noté que estaba allí a mi lado, sonriendo, y que era tan joven como yo. La brisa le movía el pelo negrísimo, su cara resplandecía. Ojos penetrantes y avispados. La miré, dije ¿qué? para que repitiera su pregunta. Que si subía allí normalmente, dijo. No, era la primera vez, ¿y tú? ¡También!

Miró hacia los lados oteando el territorio. Había oído rumores de que el acceso a la terraza estaba prohibido y sin embargo allí estábamos las dos y también todos los demás, como en un limbo. ¿A mí me habían informado de esa prohibición? A ella, explícitamente, no. Así que si estábamos incumpliendo una norma, era una norma de la que nadie nos avisó, siempre podíamos decir que habíamos subido por error. Cruzó los brazos, se arrebujó en su bonita parka azul.

Me dijo que se llamaba Sabina, yo le dije que me llamaba *Sada*. Ella me entendió a la primera, qué bien conocerte, Sara, no hay mucha gente de nuestra edad por aquí. Solo tenía dos años más que yo, pero ya había conseguido su plaza, acababa de aprobar las oposiciones, unas distintas de las que yo estaba estudiando, pero oposiciones al fin y al cabo. Sacó tabaco de liar, preparó dos cigarrillos, me dio uno. Hasta ese momento, yo solo había fumado tres veces en mi vida y ninguna de ellas lo había disfrutado. Esta vez fue distinto. Aspiré el humo, lo sentí avanzar hasta el fondo de mis pulmones, no tosí. Entornando los ojos, con la vista perdida en el horizonte, Sabina me contó sus circunstancias con naturalidad y me preguntó a mí por las mías, a qué me dedicaba, en qué departamento, cuánto tiempo llevaba allí, si me gustaba o no. ¿Me gustaba? Sí, dije sin pensarlo, y en aquel instante no mentía.

Sabina era informática, su plaza pertenecía al área de microinformática, pero desde ahí esperaba ir ascendiendo. Le pregunté si conocía a Víctor y no supo decirme hasta que se lo describí: pelirrojo, flaco, le falta un hervor. Asintió con vehemencia y reímos juntas: ¡vaya si le falta un hervor! Los de microinformática, y los de informática en general, me dijo, eran todos unos raros y unos siesos, Víctor el que más. Además eran todos tíos, no había ni una sola tía salvo ella, aunque eso no significaba que le prestasen atención ni le dieran ningún privilegio, más bien al revés, la trataban como si fuera invisible, la ignoraban. Pero también yo los ignoro a ellos, dijo, de los temas que hablan nada me interesa una mierda, paso de ir a desayunar con ese grupo, ¿tú con quién desayunas? Resoplé. Con unos compañeros, pero por compromiso. Hay veces que me sale verdina en el cuello solo de escucharlos, dije, y eso nos llevó a reír de nuevo. Me sugirió que desayunáramos juntas a partir de entonces, a mí me pareció la mejor propuesta del mundo. Intercambiamos teléfonos. Yo nunca había conocido a una Sabina, me gustó teclear ese nombre en mi móvil sin añadir detrás nada más, Sabina solamente, era un gran nombre. Se había levantado un poco de viento. Sabina se subió la cremallera de la parka, miró la hora, puso cara de pena y dijo que tenía que marcharse. Voy contigo, me ofrecí, y salimos juntas, recorriendo el mismo itinerario de la ida, pero ahora en sentido contrario y acompañada. Yo me bajé del ascensor en la primera planta y ella continuó hasta el semisótano, donde estaba su área. Todos metidos ahí como cucarachas, como ratas de cloaca, dijo, pero no en tono de queja, sino al revés, para hacerme reír. Nos despedimos felices de habernos encontrado. Cómo podía cambiar el rumbo de las cosas en tan solo unos minutos, pensé, con tan solo una conversación escuchada al azar.

Subíamos a la terraza con el café en vaso de cartón con tapita de plástico. A mí siempre se me derramaba en el ascensor, me costaba mantener el equilibrio por culpa de la risa, me doblaba a carcajadas y, por mucho que cerrara el envase, un reguero de café me resbalaba por la mano hasta el suelo, lo que nos hacía reír aún más. Comíamos bocadillos o tostadas que un camarero muy simpático nos envolvía en la cafetería —no tenía por qué hacerlo, pero lo hacía–, yo me manchaba siempre y ella no. Luego fumábamos y observábamos a los disidentes que, como nosotras, merodeaban por la terraza. Los criticábamos: los pelos de aquella, el culo de aquel. Si se daban cuenta y nos devolvían la mirada, Sabina se quedaba completamente seria, como una esfinge, mientras que yo me delataba con la risa, me hacía tanta gracia su impavidez que no podía aguantarme.

Los días de frío o lluvia, o simplemente cuando nos apetecía cambiar de aires, bajábamos a la cafetería, siempre a la peor hora, cuanto más largas eran las colas en las máquinas, más llenas estaban las mesas y más codazos se daban en la barra. De dónde salían tantos funcionarios a la vez no lo sé, era como si emergieran de la cafetería misma, como las alúas con la lluvia, y el resto del tiempo se quedaran agazapados en su escondrijo. Dando vueltas con las bandejas en equilibrio, buscábamos un hueco para sentarnos, cada una por su lado para ver quién lo encontraba antes, y yo también derramaba el café y me ensuciaba. Era siempre Sabina quien me avisaba, ¡aquí, aquí!, y yo corría a su lado. Ella localizaba la mejor mesa en el lugar más abarrotado con una facilidad pasmosa, tenía ese don.

Si mis antiguos compañeros de desayuno se molestaron por mi abandono, no me lo hicieron ver. Me parece estupendo, dijo Teresa fríamente cuando dejé de poner excusas tontas y le expliqué que ahora quedaba con una amiga. ¿Qué amiga?, preguntó Beni un poco sorprendida y, al contarle que pertenecía al área de informática, quiso saber: ¿funcionaria? El Monago, como era de esperar, no dijo nada, aunque si me hubiera preguntado yo ya tenía preparada la respuesta: largo de explicar pero, sobre todo, aburrido de escuchar.

Me fascinaba su pelo, tan largo y sedoso y brillante. Al mirarlo se me venía a la cabeza el adjetivo *acuático*, sin tener yo muy clara la razón. ¿Por los reflejos? ¿Por la forma en que caía sobre sus hombros? ¿Por su ligereza, esa impresión de que no pesaba nada? Se hacía moños o coletas mientras hablábamos, se lo soltaba, se lo volvía a recoger. A mí, si me recogía el pelo dos minutos, se me quedaba la marca de la gomilla hasta que me lo lavaba otra vez, y los moños me salían ridículos, torcidos, como caquitas de gato. Mi melena entera era un desastre: las puntas se me escapaban hacia fuera por la izquierda y hacia dentro por la derecha, tenía un rebelde remolino en un lado, el flequillo se me ahuecaba siempre con la humedad. Pero ella, con un simple bolígrafo y hasta con el palito de remover el café, era capaz de improvisar mil peinados, todos perfectos. Yo admiraba su destreza, la flexión de los codos y las muñecas, los músculos que se le marcaban con suavidad al levantar los brazos, las manos tras la nuca y el baile de los dedos enroscándose entre los mechones. Había algo especial en sus movimientos, algo cautivador que fluía desde dentro hacia fuera, es decir, de su cuerpo hacia el resto del mundo. Ese algo innombrable y sugestivo también estaba en su manera de andar, de sentarse y cruzar las piernas, de ladear la cabeza cuando me preguntaba algo, de entornar los ojos, bostezar y reír, de masticar y beber a grandes bocados y grandes tragos que, paradójicamente, daban la impresión de ser pequeños.

Su belleza estaba en su cuerpo en acción. Su cuerpo fijo, inmóvil, era anodino y plano, un cuerpo como otro cualquiera. A Sabina no le gustaba hacerse fotos.

También me atraía su pragmatismo, esa sana distancia que ponía entre sí misma y el trabajo que desempeñaba. Me animaba a estudiar, pero de un modo muy distinto al espíritu que desprendían los consejos del calendario del opositor, nada de afán de superación, nada de sacrificio por el bien ciudadano, nada de subir escaleras ni de escalar montañas. Solo por la pasta, decía, ya merece la pena, ese sí que es un buen *estímulo*. En su opinión, el trabajo asalariado, al no ser libre ni emancipador, solo puede entenderse como la venta del tiempo propio; si el empleador no tiene escrúpulos en comprarlo, no los va a tener el empleado en cobrarlo, ¿no? El día 1, *pum*. El día 1, *pum*. El día 1, *pum*, me decía, y se daba con el puño en la palma. Y en realidad era antes del día 1, porque cobrábamos a finales de mes, siempre con unos días de antelación, el 28 o el 29 o incluso antes, sin fallar nunca, lo que jamás dejaba de sorprenderme.

Ella creía en el factor suerte. No en la suerte a secas, que es incontrolable, sino en el *factor suerte*, que tiene que ver con las probabilidades matemáticas, es decir, con la estadística, ciencia de la que controlaba un rato. Los cuestionarios, por ejemplo, solían repetir ciertas preguntas, bastaba con localizar la pauta —la *moda*— para dar prioridad en el estudio a unos asuntos sobre otros. Respecto a la prueba de desarrollo, dos temas a elegir uno, convenía distinguir entre el caso *favorable* y el caso *posible*, siendo el primero que en el sorteo salieran uno o dos temas que yo controlara al dedillo y el segundo que no me supiera ninguno de los dos. El reto consistía en avanzar hacia el caso favorable, pero eso no significaba que me tuviera que estudiar todos los temas, porque a partir de un determinado número el avance estadístico era insignificante. Me hizo un cuadrante para representarlo. Estudiando solo 30 temas de los 104 totales, tenía el 49,57 % de probabilidades de que tocara uno que me supiera, lo cual me resultó muy sorprendente, era como echarlo a cara o cruz sin haber comprado la mitad de la moneda, mientras que si estudiaba solo 10, la probabilidad era del 18,39 %, lo que tampoco sonaba nada mal.

Cuando le enseñé a Beni estos porcentajes, se negó a considerarlos. Para ella, confiar en la suerte rozaba la inmoralidad. Lo justo era que sacara la plaza quien mejor preparado estuviera, dado que el fin último era trabajar a favor del sector público, no agarrarse ahí como una garrapata. Estudiar era una cuestión de responsabilidad, de verdadera vocación. Nadie hace carrera en el funcionariado solo por el dinero, porque en la empresa privada se gana mucho más, de eso sí que podrían sacarse muchos porcentajes, dijo. Por el tono que usó y el ademán que hizo al enderezarse, supe que, involuntariamente, la acababa de herir en lo más hondo.

Cuando Sabina criticaba algo siempre decía que era *decimonónico*. Lo hacía con tanta gracia que yo le copié la costumbre. Decimonónico podía ser el bigote de un ordenanza, decimonónico el vestido de una jefa de sección, decimonónicos los carritos de expedientes, decimonónico el tipo de letra que nos obligaban a usar en los informes, decimonónicas las notas de régimen interior y decimonónicos los ordenadores que se averiaban cada dos por tres y que ella tenía que reparar.

Víctor también era decimonónico. Sabina no lo tragaba, decía que se escaqueaba todo el rato, que trataba de endosar su trabajo a los demás. Tan pelirrojo que daba asquito, decía, en eso no era decimonónico sino más bien *dieciochesco*, con las venas azules transparentándose bajo la piel lechosa de los brazos. Víctor era un amargado, eso es lo que era, no sabía disfrutar de la vida. Probablemente se creía un genio y se sentía frustrado por trabajar allí, en ese edificio, instalando programas informáticos y líneas de teléfono. Ni siquiera era funcionario como ella. Víctor consideraba que estudiar oposiciones no tenía sentido, para qué atarse a un puesto de mierda toda la vida. Como si no estuviese atado de todos modos, decía Sabina. La única diferencia era que él jamás cobraría ciertos pluses, ni productividad ni trienios, además de que la empresa externa de la que procedía se llevaba un buen pico por interceder entre empleador y empleado, otra muestra más de los abusos del neoliberalismo. Contradiciendo el dictamen de Beni, Sabina pensaba que era en el sector privado donde las cosas se estaban poniendo verdaderamente feas. Tenía muchos amigos que se lo confirmaban, en las escasas ocasiones en que podía verlos, claro, porque sus jornadas laborales eran como de cuatrocientas horas al día. Y luego estaba el problema de los jefes, añadía abriendo mucho los ojos. Eso era lo peor de todo, que tu trabajo dependiera de caerles bien o mal, de tener que pelotearles o incluso de cosas peores. ¿Eso es más digno que ser funcionario?, ironizaba. Buah. Decimonónico.

Yo seguía enviando mis reclamaciones en secreto. Las tramitaba, redactaba las cartas, las ponía en movimiento. Las olvidaba. Tardaba muy poco en hacer todo esto. Muy poco. Luego estudiaba, leía, esperaba la hora de encontrarme con Sabina. Eran días tranquilos, felices. Yo ya estaba por completo amoldada. Podría haber seguido así toda la vida. Aprobar mi oposición y quedarme, ¿por qué no?

Pero Beni debía de sentirse desplazada. Como ya no nos veíamos en el desayuno, aparecía por mi sitio más que nunca. Consiguió para mí un ejemplar rarísimo de una revista sobre poesía fonética del siglo XX. Se había vuelto loca buscándolo, me contó, pero ahí, por fin, lo tenía, todo para mí. Lo colocó encima de la mesa con delicadeza, como si pudiera romperse. Paul Scheerbart, Christian Morgenstern, Hugo Ball, Enric Crous, Kurt Schwitters. Ella sabía tan poco de ellos como yo, sospecho que no nos interesaban a ninguna. Vamos a leerlos y los comentamos, me dijo, y yo le di largas mientras le mandaba mensajes a Sabina con el móvil por debajo de la mesa: *HELP!*

Me volví maliciosa, aunque no todo el tiempo. Eran más bien ramalazos de malicia, ocurrencias que de pronto me asaltaban y que eran más grandes que yo. Sabía, por ejemplo, que era mezquino criticar a Beni por su corsé, y sin embargo lo hice, le dije a Sabina que se movía como Robocop y las dos nos reímos un buen rato imitándola. Después me sentí oscuramente culpable, temí que se enterara no sé cómo. Aunque en realidad, mi miedo iba más lejos que eso. Era un miedo a mí misma.

A menudo buscaba cosas que contarle. Si me ocurría algo divertido, peculiar o extraño, por pequeño que fuera, me invadía el deseo de compartirlo inmediatamente con ella, no pensaba en ninguna otra persona. Las anécdotas que antes me resultaban deprimentes se volvieron de pronto muy cómicas. Los pedidos diarios de cápsulas de café. Las llamadas del tipo jadeante, el *pervertido*. Echevarría diciendo *empoziñao* y la Poquita tratando de descifrarlo. Teresa enamorada de Echevarría. El día en que la pillé depilándose las cejas en su despacho como si nada. El trozo de pictolín que se le quedó pegado al Monago en el bigote sin que nadie le avisara y cómo se le movía ridículamente al hablar. Las sesiones de preguntas y respuestas de Beni, algunas de sus extravagancias. Todo lo exageraba un poco, aunque quizá no fuese necesario. Sabina se lo pasaba pipa con cualquiera de mis historias.

También le hablé del jefe de negociado número dos. De sus saludos y despedidas, los horarios fijos, su mutismo, el abrigo en verano, el cada vez más patente descuido de su aseo personal, la mañana en que sin venir a cuento me preguntó si quería un gatito y las entrecortadas e indescifrables conversaciones que mantuvimos después. Qué raro, murmuró Sabina, y se quedó conjeturando acerca de él hasta que emitió su diagnóstico: la mención de los gatos solo demostraba que aquel hombre era un frustrado sexual, un reprimido. Con inclinaciones masoquistas, añadió. Cuando me ofreció un gatito se estaba refiriendo a otra cosa, ya me podía yo suponer a qué. Ah, no, pero los gatos existen de verdad, protesté, yo los había visto dos veces, y traté de explicarle dónde y cómo. ¡Te estás poniendo nerviosa!, rió ella señalándome con el dedo. ¡Te gusta, te gusta! Pero lo decía solo para provocarme y las dos nos partíamos.

La curiosidad de Sabina era tan grande que se le antojó verlo de inmediato, como quien va a tirar cacahuetes a los monos del zoo. Dijo que podía inventarse cualquier excusa relacionada con su trabajo, tipo revisar algún componente del ordenador o actualizar un programa. Tuve el impulso de rogarle que no, que no lo hiciera, pero ella ya se estaba relamiendo de gusto, yo solo tenía que guardarle el secreto, es decir, ser su cómplice. Su cara brillando de expectación terminó por contagiarme la impaciencia. Acordamos que fuera al día siguiente.

Eran las doce o así cuando pasó por delante de mi mesa muy seria, muy erguida, con una maraña de cables bajo el brazo y no sé qué pequeños aparatos guardados en una caja, mientras yo me mordía los labios para contener la risa. Dio la vuelta al pasillo, pero no se oyó ninguna palabra, ni de él ni de ella. Al segundo estaba de vuelta. Ahí dentro no hay nadie, dijo. Yo no daba crédito. Pero si nunca sale, ¿dónde está? Que no lo viera salir no significaba que nunca saliera, tampoco es que yo estuviera siempre sentada en mi sitio, ¿no? A lo mejor se escapaba por el otro lado, por la puerta del fondo. Yo le dije que aquello era un cuartillo y que por ahí no se podía escapar nadie. Ella achicó los ojos, se recogió el pelo, se lo soltó. Pues a lo mejor se esconde en el cuartillo. ¡O dentro del armario!

Voy a entrar, dijo. Voy a volver y voy a entrar y a meterme en su ordenador a ver qué encuentro. Yo estaba maravillada por tanto atrevimiento. ¡Toquetear en su ordenador sin permiso, cuando podía aparecer de sopetón! Si se presenta, dijo, ya se me ocurrirá alguna coartada, no te preocupes, tú quédate aquí y me lo entretienes. Se escabulló riéndose.

No habían pasado ni diez minutos cuando otra vez estaba a mi lado, abriendo mucho los ojos y agitando una mano como para decir ni te imaginas. ¿Qué pasa?, pregunté. Se sentó sobre la mesa, cruzó las piernas, habló atropelladamente. En aquel ordenador no había nada y, cuando decía nada, se refería a nada. Las carpetas de trabajo estaban vacías, los últimos archivos habían sido creados años atrás por el usuario anterior del equipo, la zona personal de aquel tipo era un páramo, el historial de navegación, inexistente. Imagínate, dijo, como abrir un enorme armario de ropa y que solo haya perchas. ¿Y en la mesa?, pregunté yo. ¿Qué había encima de la mesa? Ella desplegó una expresión malévola. Solo un bote con bolígrafos secos, dijo. Y un calendario ¡de dos años atrás! Ni una agenda, ni un documento ni un puto memorando. El nota –lo llamaba así, el *nota*– no hacía *nada de nada*, ni de trabajo ni de ninguna otra cosa. Tanto el armario como la cajonera estaban cerrados con llave. ¡Cerrados con llave! ¿No te parece significativo? ¡Seguro que dentro guarda un arsenal! ¿Un arsenal de qué?, pregunté. ¡Imagina! ¡Artilugios perversos! ¡Máscaras, correas, dildos!

Yo dejé de reírme. Algo no me encajaba. ¿No habría entrado en el despacho que no era? Ella inclinó la cabeza, chasqueó la lengua expresivamente, pude notar cómo mi duda la molestaba. Había entrado en el segundo, en el de la luz encendida, ¿no era ese?

Sí, claro. Era ese.

Otro día fui yo al lugar donde ella trabajaba, tan diferente del mío, una amplia sala con falso techo de plafón gris, paredes grises y mesas de color verde claro colocadas de dos en dos, una frente a otra. El sótano de las cucarachas y las ratas era un espacio alegre a pesar de todo. En las paredes había carteles de películas y grupos musicales, fotos de deportistas volando en parapente o escalando montañas, viñetas gráficas. Allí se juntaban, calculé, unas quince personas. La media de edad era inferior a lo que yo estaba acostumbrada y eso se percibía hasta en el aire. Sabina se sentaba al fondo de la sala, junto a un afiche de *El mago de Oz*. En su mesa había un cactus diminuto, clips de colores, caramelos, horquillas, un espejo de mano y otro montón de pequeños objetos de dudosa utilidad, gomas elásticas, un blíster con pastillas, grapas sueltas, todo en desorden. Se levantó al verme llegar, me cogió del brazo y me fue presentando a sus compañeros. Con cada uno intercambiaba comentarios cómplices, como si se conocieran desde la infancia. A todos se les notaba su satisfacción por tener a Sabina de compañera y a mí no me quedaba más que darles la razón: cualquier cosa cambiaba, mejoraba, con Sabina. Ella no parecía buscar ese poder. Lo tenía y punto. Yo rebosaba orgullo de ser su amiga, tal como ella me presentaba, mi amiga que trabaja en la primera planta, decía, es quien se encarga de la OMPA. Entonces, ¿tú eres la del RPlic@?, me preguntaban con interés. Yo era el conejillo de Indias del programa que ellos habían creado, los programadores querían confirmar que su funcionamiento era eficiente y resolutivo, aunque de ningún modo iba yo a explicar el verdadero uso que le daba.

Minutos más tarde estábamos delante de la mesa de Víctor, que apenas levantó la mirada de lo que estaba haciendo. Bueno, vosotros ya os conocéis, ¿no?, dijo Sabina, y los dos asentimos, aunque tuve la sensación de que él me conocía a mí mucho más que yo a él, y de forma menos honrosa. Lo observé de reojo. El cuello pecoso y flaco sobresaliendo de la ropa grande. La cara huesuda. La postura en tensión, con el culo en el borde de la silla. Noté que estaba cortado, rojo como un tomate, y también nervioso, como no lo había visto nunca antes. Sabina hizo un gesto que no terminé de entender, me apretó la muñeca y me alejó de allí. Mientras tomábamos un café de máquina, susurró, misteriosamente, que ya me contaría, y no supe qué interpretar. El café estaba muy dulce, tibio y lechoso. Un asco, dijo Sabina, pero yo envidié que tuvieran una máquina de café, envidié la relación entre sus compañeros, las pullas que se lanzaban en broma unos a otros, las mesas alineadas, la masculinidad rebosante, el saberme estudiada en la distancia, objeto de la curiosidad. Por comparación, mi mesa en el pasillo, las extravagancias del jefe de negociado número dos, los arrebatos líricos de Beni y el chirrido del carrito de José Joaquín me resultaron agónicos y decadentes.

Ellos, los informáticos, se sentían atacados. Para empezar, no todos eran informáticos. Había ingenieros de telecomunicaciones, diseñadores gráficos, programadores, expertos en tecnologías de la comunicación, analistas de sistemas. Pero a todos los metían en el mismo saco, despectivamente. No estaban allí para arreglar ordenadores rotos, como muchos parecían pensar. Diseñaban aplicaciones informáticas para mejorar la vida de la gente. Para agilizar sus trámites. Facilitarles el papeleo. La administración de diez años atrás no tenía nada que ver con la actual, eso era indudable, pero nadie, nunca, les agradecía ese avance. Al revés. Se les culpaba. En cuanto algo fallaba, eran el blanco de las críticas. Un solo error y al paredón. Como si telematizar los procedimientos administrativos fuera tan sencillo. Ellos no eran los culpables de que los procedimientos fuesen tan enrevesados ni de que la administración fuese tan lenta. Esa lentitud ya existía antes y era mucho peor, ¿o acaso el tío aquel que escribió lo de vuelva usted mañana se refería al certificado electrónico?

Sabina hablaba y fumaba, fumaba y hablaba, soltando

grandes bocanadas de humo. Aquella mañana se había concentrado en la entrada otro pequeño grupo de manifestantes en contra del sistema de cita previa. Reaparecían de vez en cuando, a pesar de que el asunto ya estaba más que zanjado y no se iba a dar marcha atrás. Pero ¿es que esa gente no trabaja?, dijo Sabina, a santo de qué viene que me griten a mí, así no se ganan la simpatía de nadie, por lo menos la mía no. Ella no entendía de qué se quejaban. Para todo hace falta cita previa. Para el dentista, para la seguridad social, para la agencia tributaria, para el notario y para todos los trámites del mundo se pide cita previa, ella no veía por qué en su caso tenía que ser diferente.

Yo la miraba en silencio y con alarma. Cuando hablaba así, con ese ímpetu, se le endurecían los rasgos, su cara cambiaba, parecía mayor, las aletas de la nariz le temblaban. Se me ocurrió que esa implacabilidad en los juicios podría aplicármela a mí algún día. Me esforzaba para que no ocurriera.

Como su vida era muy ajetreada, nuestra amistad tenía que ceñirse al horario laboral. A mí me hubiera gustado prolongarla fuera del edificio, hacer planes y vernos en otros lugares, pero por lo que ella misma contaba parecía una misión imposible. Había dado la entrada para un piso y justo estaban a punto de entregarle las llaves, lo que le suponía un jaleo *tremendo*: arreglar los papeles, diseñar una cocina a medida, comparar presupuestos, poner aire acondicionado, buscar los muebles y no sé cuántas gestiones más, aunque, por alguna razón, tuve la impresión de que exageraba y ponía excusas. Todo eso lo hacía por las tardes, además de ir a sus clases de teatro dos veces por semana, y a las sesiones de yoga, tres. Los fines de semana se escapaba al campo, lo decía con esas palabras, *escaparse* y *campo*, aunque se refería a una pequeña finca en las afueras, una propiedad familiar de una urbanización donde se juntaban parientes, amigos y exnovios para todo tipo de celebraciones. Cuando me hablaba así, yo era consciente de que nos separaban muchas cosas, más de las que era capaz de admitir, quizá toda una vida, lo que me producía una aguda sensación de pérdida que trataba de compensar volviendo a lo inmediato, a nuestra presencia allí dentro, la gente que nos rodeaba, los chistes que hacíamos, nuestras pequeñas trasgresiones sin consecuencias. Arrancarle la risa era fácil, a mí se me daba bien. Ese era mi refugio aquellos días.

A veces me acordaba de mis reclamaciones inventadas y entonces, solo entonces, me asaltaba la intranquilidad, un resquemor que no llegaba a ser verdaderamente miedo, solo el incómodo pensamiento de que me descubrirían y entonces qué. Aunque ¿quién podría darse cuenta? Los registros de la OMPA los llevaba yo sola, no había riesgo de que nadie más metiera ahí la nariz, para Teresa hubiera sido tan indigno como ponerse a limpiar pescado encima de su mesa. Cuestión distinta eran, o podían ser, los rastros que estuviera dejando tras de mí sin ser consciente. Sondeé a Sabina por si acaso. ¿Era posible averiguar desde qué ordenador se rellenaban y enviaban los formularios que recibíamos? Averiguarse se podía, me explicó ella, eso era facilísimo, aunque debido a la ley de protección de datos hacía falta una orden superior motivada para... Se me quedó mirando maliciosa, achinó los ojos con glotonería y sonrió: ¿qué estás tramando?

En ese momento supe que podía contar con su total complicidad. Le devolví la sonrisa al instante, ya dispuesta a entregarme. Pero no se lo confesé todo. Habría sido farragoso y complicado de entender, nada de lo que enorgullecerme por otro lado. Instintivamente, simplifiqué un montón, di ligereza a la historia. Le conté que *en alguna ocasión*, solo como una simple travesura, había enviado reclamaciones por mi cuenta. Era gracioso, dije, comprobar que los superiores se lo tragaban todo, aunque eso me creara después más trabajo. Sabina me escuchaba sin pestañear. ¿En serio?, ¿en serio?, repetía. ¡Estás *zumbada*!, rió cuando acabé. Yo nunca le había visto esa mirada de asombro y entrega, su piel resplandecía de admiración, inesperadamente me había convertido en una heroína ante sus ojos. ¡Vamos a mandar una ahora mismo!, me propuso en un arranque de audacia.

Fuimos corriendo a mi ordenador y redactamos una reclamación juntas, mano a mano, salpicando el texto de faltas de ortografía que en aquel momento nos parecieron de lo más ocurrentes. A la persona que acabábamos de inventar —Anastasio Muñoz Ruiz, de cincuenta y cinco años— le resultaba *indinante* que no existiese una ayuda económica específica para la adquisición de alzas de zapatos, teniendo en cuenta que el gremio de los hombres bajitos es un sector *bulnerable*, objeto de burla social y, en consecuencia, *susetible* de recibir agresiones y padecer depresiones. Dimos al botón de enviar muertas de risa, y luego nos miramos la una a la otra casi sin aliento.

Lo que vino después fue aún más divertido. Teresa arrugó los labios cuando le enseñé la reclamación, soltó una risa áspera y dijo que la gente estaba fatal, pero no dudó de la veracidad del escrito, como tampoco dudaron los sabios del comité. Gracias a Sabina, que me enseñó cómo acceder a las actas de la reunión, pudimos comprobar lo que ocurrió en el debate.

Uno de los sabios dijo que había que determinar si ese ciudadano era solo bajito –*de corta estatura*, precisó– o si padecía algún tipo de enanismo, en cuyo caso sí tenía a su disposición ayudas para la adquisición de alzas ortopédicas. Lo razonable, por tanto, era *dirigirse* al interesado y *recabar* más información acerca de su *problema físico*.

Una de las sabias argumentó que, de ser el interesado enano, ya se habría encargado él de decirlo y que ellos, en cuanto *organismo resolutor*, no podían inferir de las reclamaciones motivos o razones que no se explicitaban.

Otra sabia diferente pidió, por favor, que no se usaran expresiones como *enano* o *sordo*, que era preferible decir *personas con enanismo* o *personas con sordera*, e hizo hincapié en que su aportación constara en acta.

La sabia anterior dijo que ella no había utilizado la palabra *sordo* para nada, por lo que ni entendía la corrección ni se daba por aludida y, en cuanto a ser enano, es una realidad, no un insulto, que no consentía que le enmendaran la plana y que, por favor, su intervención también constara en acta.

Lo de *sordo* solo era un ejemplo, continuó la otra, y así se enzarzaron ambas en un debate que ocupaba tres párrafos más, hasta que un sabio que se había mantenido en silencio protestó con mucha autoridad y pidió orden.

Ateniéndose en exclusiva al contenido de la reclamación, dijo, daba igual que el reclamante fuera enano o no: las alzas ortopédicas no eran de nuestra competencia, por lo que no procedía actuación alguna.

En consecuencia, se propuso el archivo de la reclamación, decisión que hubo de votarse, que se alcanzó por unanimidad y que yo tuve que notificar al interesado, el señor Anastasio, antes de dar por finalizado el expediente.

Sabina estaba en contra del control horario, en su opinión el modo más perverso y estúpido de vigilar el trabajo. Pues anda que no hay gente sentada en su mesa sin hacer ni el huevo, argumentaba dando diminutos bocados a su tostada, porque se había puesto a dieta y comiendo así, como una ardilla, decía que pasaba menos hambre.

Le obsesionaba la cuestión del tiempo, el que se vende y el que se paga, pero también el que roba el sistema, el que nos arrebata aunque luego no se utilice para nada. Daba igual lo competentes, lo rápidas o lo profesionales que fuéramos; daba igual nuestra capacidad de autogestión; hubiera o no trabajo, nos obligaban a calentar la silla y ahí que teníamos que quedarnos, quietecitas y sumisas hasta la hora reglamentaria, sin olvidar quién es el dueño de nuestro tiempo, es decir, quién maneja el cotarro.

Yo con estos planteamientos estaba muy de acuerdo, así que cuando me propuso hacer trampas no me escandalicé lo más mínimo. Sabina planeaba ir a la piscina dos días por semana, no por antojo sino por razones de salud, me dijo, pero los cursos terapéuticos empezaban a las siete de la mañana y antes de las nueve le iba a ser imposible llegar al trabajo, salvo que yo le picara la entrada. Si yo quería, ella se ofrecía a picarme a mí algún otro día a cambio, la salida o la entrada, daba igual, la cuestión era organizarnos para burlar el control de acceso. Yo le aseguré que por mi parte no hacía falta ninguna contraprestación, que para eso están las amigas, y así quedó sellado nuestro pacto.

Contado de esta forma puede dar la impresión de que tuviera mucho morro, pero nada más lejos de la realidad. Las maniobras de Sabina no perjudicaban a nadie, ella nunca cargaba su trabajo sobre los demás ni eludía sus responsabilidades, era más bien una cuestión de principios, una pequeña rebelión equivalente a faltar a clase en el instituto o valerse de una chuleta para un examen sin importancia. Todo el mundo sabía que ella era muy dispuesta, que trabajaba bien y eficazmente, todo el mundo la adoraba. Se la podía ver trasteando en los ordenadores de nuestro departamento a menudo, resolviendo pequeños contratiempos cada día, con la mejor disposición y su luminosa sonrisa, y sin duda todos la preferíamos a Víctor, que siempre iba refunfuñando por los pasillos como con cara de dolerle las muelas.

Sin embargo, algo empezó a cambiar entre nosotras. Nos reíamos mucho, lo pasábamos bien juntas, eso seguía intacto, pero era yo quien tenía que ir detrás de ella, quien la avisaba para desayunar, quien bajaba primero, cogía una mesa y esperaba a que se dignara a aparecer. El cambio se había producido paulatinamente, día tras día, y ya no era una impresión mía, era una realidad. Ella tardaba más cada mañana, se excusaba con imprevistos de última hora, asuntos de trabajo, decía, que nunca detallaba. Si yo no la avisaba, no daba señales de vida. Si la avisaba, siempre decía ahora voy, jamás no puedo, pero su ahora voy no era de verdad ahora voy, quería decir voy en diez minutos o en veinte minutos. Yo tenía que interpretar por el tono de su voz cuánta exactitud había en su ahora, cuánta precisión, y calcular bien para no bajar con demasiada antelación. Aun así, siempre llegaba antes, pedía mi desayuno y me lo tomaba muy despacio, porque si terminaba pronto me veía forzada a dejar la mesa libre o a soportar las miradas recriminatorias de los funcionarios que buscaban un hueco. Con el café ya frío por delante, me quedaba sentada con la mirada clavada en la entrada, sintiendo crecer mi irritación cada vez que creía distinguirla de lejos y no era ella. Mi malestar era como un saco de arena en el fondo del estómago, denso y mediocre, porque, en realidad, sabía que exageraba, que no era para tanto. Cuando al fin la veía aparecer, con sus graciosos andares y los ojos vivaces, mi rencor se diluía por completo, ya ni siquiera me importaba que me miraran mal por haber ocupado una mesa tanto tiempo. Al revés, me excitaba su desenfado, la orgullosa despreocupación que me contagiaba con su sola presencia.

A medida que pasaba el tiempo, no sentía que la conociera más, sino al revés, cada vez sabía menos de ella. Me desconcertaban sus altibajos anímicos, que al principio no había tenido pero luego sí. Ya no podía prever de qué humor iba a encontrármela, qué era pertinente decirle y qué no. Las mismas bromas que un día le hacían mucha gracia, al día siguiente le resbalaban y me miraba impávida, como sin pillarlas. Lo que el lunes le apasionaba, el martes le parecía un muermo; ya no entendía la molestia de subir a la terraza, que era de lo más inhóspita; el tío con el que había salido una noche y que era tan-tan interesante y tan-tan irresistible se convertía después en un vaina al que no quería volver a ver nunca más. Cuando le recordé que me había mencionado algo sobre Víctor que nunca me terminó de contar, alzó una ceja: ¿yo? ¡Qué dices! No tuvo ningún pudor en revelarme detalles íntimos –el vibrador que se había pillado por internet o su fantasía de follar en uno de los ascensores del edificio–, pero cuando más adelante se lo saqué a colación me miró asqueada, como si mi cabeza enferma se lo acabara de inventar todo.

Si alguna vez bajaba la guardia y me contaba un problema, no admitía que después le preguntara por el desenlace de la historia y una vez hasta me soltó un ¡qué cotilla eres! Cuando se ponía tan seria, me daba por pensar si no estaría enfadada conmigo por algo que había dicho o hecho sin darme cuenta; repasaba hacia atrás mi conducta, la examinaba, no hallaba ningún motivo que pudiera haberle molestado y aun así me comportaba como disculpándome, tratando de ganármela de nuevo, mientras ella respondía a mis preguntas con monosílabos, sin fijar la vista en nada.

Quizá esos vaivenes tenían que ver con preocupaciones que no me confesaba, que se negaba a verbalizar. Había varios secretos, dijo una vez, que tenía que mantener por respeto, pero el día que hablara se iba a quedar muy a gusto, cayera quien cayera. Yo no terminaba de entender esa amenaza, pero en la mueca que hacía con sus labios encontraba dolor, un dolor verdadero y profundo que ella se negaba a confiarme.

Esa zona de sí misma que guardaba con celo era su parte de verdad y yo empecé a intuir que estaba atrapada en el silencio, que sufría, y que toda esa desenvoltura con la que iba por la vida no era más que un disfraz protector.

La avisé para desayunar. No contestó. Como vi que no le llegaban mis mensajes, la llamé a su teléfono fijo. Alguien, no sé quién, lo cogió y me dijo que había salido hacía ya un buen rato. ¿Sin decírmelo?, pensé, y lo achaqué a un fallo en su móvil. Bajé a toda prisa a buscarla, preocupada por que estuviera allí esperándome sola. Pero no estaba sola. Estaba en una mesa con varios de sus compañeros, charlando animadamente. Me hizo una seña al verme para que me acercara. Te he estado llamando, me dijo, ¿dónde te habías metido? ¿Dónde me había metido?, repetí yo. ¡En mi sitio! Pues no contestabas, dijo ella, y volvió a la conversación que había quedado interrumpida con mi llegada sin darme más importancia. Fui a la máquina de tiques con el alma en los pies, pedí lo mío, me senté en aquella mesa, en una esquina, sin que nadie me dirigiera la palabra.

Comentaban el escándalo del día, que yo ya había escuchado por boca de Teresa. A un funcionario de la cuarta planta lo habían expedientado por almacenar en su ordenador pornografía infantil. Alguien matizó: no era pornografía, eran solo fotografías de niños desnudos, y esto ocasionó una discusión, porque para unos era lo mismo y para otros no. En todo caso, ¿de dónde había sacado esas imágenes, con qué permiso y, sobre todo, con qué intención? Delito era, puesto que estaba detenido por la policía. No, detenido no, solo lo habían expulsado del cuerpo de funcionarios. Averiguar cuál de las dos versiones era la verdadera resultaba imposible, porque nadie tenía ningún dato de primera mano, solo de oídas, pero continuaron debatiendo el asunto acaloradamente. ¿Cómo eran exactamente las fotografías?, se preguntaban todos. ¿Se veían los genitales? ¿Eran posturas obscenas? ¿Qué edades tenían los niños? ¿También había niñas? ¿En las fotos salían adultos? ¿Alguien las había visto? No, dijo otro, pero *podían verse*, de hecho, si alguien podía hacerlo eran ellos, tenían la capacidad de acceder a las vísceras de cualquier ordenador. Sabina protestó. Eso es ilegal, les recordó, así que, por favor, ni mencionarlo en público, porque se podían meter en serios problemas. Todos estuvieron de acuerdo, no sé si en hacerlo o en mantener la boca cerrada si lo hacían. Hablaron luego de la diferencia entre pedofilia y pederastia, todos dijeron que para ellos era la misma monstruosidad, y ya ahí dejé de escuchar, porque mi cabeza estaba en otra cosa, había estado todo el tiempo en otra cosa.

Días después me trajo un regalo. Una gargantilla de plata, que no venía a cuento. Era buena, buena de verdad, de verdadera plata de Taxco. Póntela, me pidió, y me miró radiante de satisfacción. La gargantilla era rígida, no llevaba enganche, se adaptaba en función de cada cuello. En el mío, con mi clavícula prominente, se movía incluso al respirar. ¡Preciosa!, exclamó juntando las puntas de los dedos, y no supe si se refería a la gargantilla o a mí. Me sentí halagada, pero también confundida. ¿Y esto por qué?, pregunté. Sabina rió levantando mucho los hombros. Rió y rió sin explicarse, su risa zumbó en mis oídos. ¿Me estaba gastando una broma?, pensé, y se lo pregunté directamente: ¿me estás gastando una broma? No, no, dijo frotándose los ojos con el dorso de la mano. Verás, me confesó, no la he comprado yo, me la ha regalado el novio de mi madre. Los padres de Sabina estaban divorciados, su madre vivía ahora con otro tío, el nota quería congraciarse con Sabina como fuera y le hacía ese tipo de obsequios babosos que ella siempre terminaba regalando a otras personas. La gargantilla, sí, era bonita, pero antes se cortaba el cuello que ponérsela. En cambio a mí me quedaba de miedo. Ah, qué guapa estás, me dijo, y puso una mano sobre mi brazo. Toda mi piel se erizó de inmediato, pero fue por la rabia. Ahí estaba yo, con una gargantilla de plata mexicana que no se ajustaba bien a mi cuello, un regalo de segundo nivel, despreciado por su verdadera destinataria. Sabina seguía hablando de su padrastro. Su cursi, barrigón, engreído padrastro con sus jerséis decimonónicos y sus zapatos horteras y sus ridículas corbatas. ¡Qué ganas tenía de perderlo de vista! Menos mal que en breve podría mudarse a su piso nuevo, independizarse. El nota tenía horribles problemas de piel. Eccemas y sarpullidos; cuando se le curaban unos, le salían otros, una asquerosidad, por no hablar de

No la quiero, dije quitándome la gargantilla.

Se la tendí de vuelta. Ella abrió mucho los ojos, se resistió a cogerla. ¡Te has enfadado!, me acusó. No, dije, pero si tú no aceptas el regalo de un baboso, yo tampoco. ¡Qué dignidad!, respondió, y se le contrajo el rostro en una mueca. Me explicó que era diferente; yo no tenía ninguna relación con ese hombre, podía lucir la gargantilla sin que significara nada de nada, mientras que, en su caso, ponérsela simbolizaba que aceptaba a ese tío como pareja de su madre, y eso ni en sueños. Yo me mantuve en mis trece: no y no. Que me llamara cabezota si eso la hacía sentir mejor. Ella se confundía. Claro que esa gargantilla también significaba algo para mí. Algo que no me gustaba ni un pelo.

Ocurrió uno de los primeros días, al poco de conocerla. Estábamos en la terraza, las dos nos habíamos quedado en silencio. Sabina dejó vagar la vista por el horizonte. De pronto parecía a punto de llover, el cielo se tiñó sin previo aviso de un tormentoso color mandarina. Todo cambió, no solo por la luz. Por otra cosa. Una ráfaga de aire frío cruzó a toda velocidad sobre nuestras cabezas, avisando de algo. ¿Estás bien?, le pregunté. Volvió la cabeza, me miró sin verme. Repetí la pregunta –¿estás bien?– y ella tardó un poco en responder, como si mis palabras le llegaran desde otra galaxia. Claro, dijo luego, pero no era su voz, era otra voz diferente a la que se le notaba la mentira.

Si esa fue la primera señal, no supe verlo. Las primeras señales nunca se ven, solo se perciben como anomalías.

La anomalía de una Sabina seria y callada.

Le propuse enviar otra reclamación de broma, ¿por qué no? ¡La otra vez nos habíamos reído tanto juntas! Aquello fue un intento de recuperarla, de insuflar vida a algo que ya se nos estaba desinflando y muriendo. Ella accedió súbitamente alegre, vino enseguida a mi mesa. Las dos nos fuimos animando a medida que escribíamos la reclamación de Juan Luis Miralles, un jubilado de sesenta y nueve años indignado por la práctica reiterada de relaciones sexuales en las dependencias de la administración pública, de las que él, como ciudadano instruido, *tenía constancia*. ¿No se iba a tomar ninguna medida? Nuestro reclamante no se escandalizaba ante dichos intercambios *de carácter privado*, no era un puritano, solo pedía que se pusiera fin a la costumbre por el único motivo de constituir un despilfarro de recursos humanos. De qué modo si no habría que considerar, finalizaba el escrito, el hecho de que los funcionarios que debieran estar trabajando se dedicaran, en horas laborales, *a aliviarse*.

Pensé que esta vez sí que nos habíamos pasado tres pueblos, pero ya no había marcha atrás. La reclamación estaba enviada y no podía borrarse, borrar un registro equivalía a prevaricar, quizá inventárselo también era prevaricar, eso mejor no pensarlo. Cuando se lo notifiqué a Teresa dijo mira qué gracioso, aunque claramente no le hizo ninguna gracia. También dijo que se negaba a informar de esa reclamación a los sabios del comité, que hacía tiempo que no se encontraba con nada de tan mal gusto y que, por mi parte, podía archivarla con la consideración de *no procede*. Si por ella fuera, investigaría quién había sido el mamarracho que había mandado *aquello*, dijo, como si no tuviéramos otra cosa que hacer que leer groserías.

Ese viernes me invitó a tomar una cerveza con sus compis. Los llamó así, *compis*, y a mí se me debió de notar la rabia hasta en las uñas. Iban a celebrar el cumpleaños de Prudencio, al que yo ni siquiera conocía. Claro que lo conocía, puntualizó Sabina, el de las cejas gruesas, el *Carapán*. A regañadientes, no sé muy bien por qué, bajé a la cafetería a la hora que me dijo. La conversación giraba en torno a una nueva aplicación informática y las movidas que habían tenido al instalarla, que festejaban con una alegría que para mí era imposible de comprender. A Prudencio, el *Carapán*, que tenía pinta de haberse bebido ya setenta cervezas, se le trababa la lengua todo el rato. Se reía ruidosamente, clavándome la mirada de vez en cuando, como preguntándose extrañado qué hacía yo en su cumpleaños. Después se dedicaron a sembrar sospechas sobre personas que no estaban presentes. Al primo de no sé quién lo habían enchufado no sé dónde; la exnovia de otro estaba enganchadísima a la coca; un informático de otro departamento había falsificado el título de un máster. Era como si el mundo estuviera lleno de indeseables y aprovechados, pero también como si esa fuera la única fuente posible de diversión. Sabina echaba leña al fuego con mucho arte, subiendo el nivel de excitación, pero a mí me pareció que la conversación se agotaba, que se volvía repetitiva e insípida. Pidieron otra ronda. Yo no quería beber otra ronda. Yo solo quería irme, aunque Sabina me rogó que me quedara un poco más. Estás tonta, me dijo, si es prontísimo. ¿Por qué me retenía, si no me estaba prestando la menor atención? Yo llevaba un vestido de verano con zapatos cerrados, unos oxford antiguos, no sé en qué momento debió de parecerme bien el conjunto, no pegaba nada. Sentí el deseo de ser maleducada o de exclamar algo completamente fuera de lugar, pero entonces vi cómo Víctor le pasaba a Sabina la mano por la espalda y a continuación la bajaba hacia la cintura, la agarraba un segundo y después la soltaba, fugazmente. Enmudecí. Sabina me miró, comprobó que había sido testigo del contacto. Prudencio abrió en ese momento el regalo que le habían comprado entre todos y entresacó del papel floreado una equipación de fútbol que se probó encima de la ropa, gritando mucho, sin importarle que los demás funcionarios de la cafetería lo miraran molestos. Le cantaron el cumpleaños feliz, pero yo mantuve la boca cerrada y pensé en lo que pensarían ellos: mírala ahí, tan fuera de lugar, con esos zapatos horribles y la cara de mala leche, ¿qué le pasa?

Viéndola reír con los otros, caí en la cuenta de que conmigo nunca se había reído a carcajadas. Se reía, sí, las dos nos habíamos reído mucho juntas, a la misma vez y por los mismos motivos, pero en medio de mi ataque de risa yo no había sido capaz de constatar las diferencias. Mi risa era descontrolada, incontenible, pava. La suya, calculada, siempre en guardia, graduable. Al reír, dejaba un poco a la vista las encías, algo que al principio me había resultado atractivo, porque eran encías rosadas y sanas y transmitían felicidad, pero que ahora empezaba a considerar un defecto, casi una zafiedad.

¿Sabes lo que es el *karoshi*?, me preguntó días después, interesadísima de repente en hablar conmigo. Me encogí de hombros, esperé a que me lo explicara. La muerte por agotamiento laboral, dijo, en Japón caen miles y miles de personas como moscas cada año. ¿Te imaginas? ¿Morir por trabajar mucho? Una está tecleando y pum, se muere. O en mitad de una reunión y pum, se muere. O de camino al curro y pum, se muere. Se lo había contado Víctor, que estuvo un par de años viviendo en Tokio, me dijo, y en ese momento empecé a confirmar mis peores sospechas. Las anécdotas que contaba Víctor de aquella experiencia eran *alucinantes*, siguió relatando Sabina, como aquello de la gente durmiéndose de pie en el metro de puro cansancio. Colocaban sus maletines en los compartimentos superiores, se agarraban a la barra y se quedaban fritos, en filas ordenadas, los cinco, siete o diez minutos que durara el trayecto. Lo más flipante era que siempre se despertaban justo a tiempo, como si tuvieran un reloj interno, se bajaban y se iban derechitos al trabajo. Los japoneses se quedaban dormidos en cualquier parte y ese fenómeno también tenía un nombre, *inemori*. Echarse una cabezada en una cafetería, en la sala de espera del médico o incluso en la oficina, solo unos minutitos, como duermen los gatos, siempre en tensión, eso allí no se considera de mala educación, le había explicado Víctor. El *inemori* es una costumbre aceptada socialmente y, aunque también es producto del agotamiento, no es lo mismo que el *karoshi*, porque hay mucha diferencia entre dormirse y morirse, ¿no?, rió, una diferencia básicamente de duración, y se retocó el moño que llevaba sujeto con un boli. Aunque lo peor de todo era el *jinshin jiko*, que significa literalmente *accidente por cuerpo humano,* un eufemismo para designar los suicidios en las vías del tren, y ahí fue cuando ya no pude más y le pedí que por favor dejara de contarme esas historias tan morbosas, que si a ella le hacían gracia, a mí no, ni pizca. No me hacen gracia, replicó muy sorprendida, solo me llaman la atención, son parte de este mundo y que te niegues a escucharlas no quiere decir que no existan. Pero ¿qué te pasa últimamente?, dijo después. Si tenía algún problema con ella era mejor que se lo contara. Pero yo no quería contarle ningún problema. Yo solo habría querido preguntarle si en Japón existía una palabra para definir la paulatina agonía de una amistad que solo parece doler a uno de sus miembros.

He aquí el dilema. Yo le picaba la entrada dos días a la semana, los de la natación terapéutica. Se había convertido en una tarea más de mi pequeña lista de tareas, un favor que terminó por hacerse costumbre. Sabina había dejado de darme las gracias, no porque no me lo agradeciera, sino porque era superfluo repetirlo cada vez. A mí no me costaba ningún esfuerzo, yo llegaba temprano de todos modos y lo mismo tardaba en pasar mi tarjeta que en pasar mi tarjeta y teclear su número de identificación.

Pero ahora que rara vez desayunábamos solas, pues casi siempre estaban sus compañeros pululando alrededor, empecé a verlo de manera diferente. Antes pensaba que estaba bien picarle, no me sentía utilizada ni me causaba la menor duda moral, pero antes no era ahora, y ahora ya no me parecía tan bien, es más, empezaba a parecerme mal.

Al mismo tiempo, sabía que era un poquito miserable cuestionar nuestro acuerdo justo cuando Sabina me daba de lado y no antes. ¿No se suponía que era una ayuda desinteresada? ¿O es que en el fondo sí había un precio?

Si le picaba y la tenía para mí sola, era correcto. Pero si le picaba y tenía que compartirla con otros, entonces era incorrecto.

Verlo desde ese ángulo era tan revelador que escocía.

Hasta para marcharse, el jefe de negociado número dos tuvo un comportamiento singular. Aquel día no apareció a su hora, sino bastante más tarde, en torno a las doce, cuando yo ya había vuelto de desayunar. No traía su maletín de siempre, sino un gatito en brazos y nada más, como si fuera lo más normal del mundo presentarse en una oficina en ese plan. Yo no lo había oído llegar, estaba subrayando con desgana el tema 23, Tesorería, Cuentas Generales y Cuentas Autorizadas, cuando lo descubrí delante de mi mesa, materializándose en medio de la luz difusa del pasillo. El gatito tenía el pelaje blanco y negro y un pequeño mostacho hitleriano. ¿De dónde lo había sacado? ¿Era un hermano menor de una nueva camada? El jefe de negociado número dos sonrió sin soltar palabra, pero, cuando quise ver el gato de cerca, lo ocultó tras la espalda. Yo me quedé a medio levantar de la silla, perpleja. ¿No lo puedo tocar?, pregunté. Negó con la cabeza tristemente sin perder la sonrisa, una sonrisa de payaso. En cuanto vio que desistía de acariciarlo, lo sacó de nuevo y lo puso ante mis ojos. El gatito se aferraba con las garras a su manga, las diminutas uñas se le clavaban en el paño negro del abrigo, solo una pata trasera le colgaba mostrando las tiernas almohadillas rosadas. Aquella criatura era como un imán, yo tenía que resistirme para no extender mi mano y arrebatársela. El jefe de negociado número dos me observaba como a través de un cristal, con las pupilas dilatadas y opacas. Sus ojos eran negros como la tinta, grandes pero incompletos, parecía que se le hubieran caído las pestañas. Sostenía el gato con cuidado, pero también con cierto desapego, como si no fuera capaz de sentir su tacto ni su peso. Volví a preguntarle dónde lo había cogido y él, con su voz honda y lenta, respondió: ya lo sabes. No, no lo sé, pensé, pero continué preguntando: ¿se lo iba a quedar? Se encogió de hombros y bajó los párpados como hacen los niños cuando no entienden las preguntas adultas. Ya está pegado a mí, regresaré a mi casa para siempre, dijo. ¡Ah, entonces aquello era un adiós!, pensé, y también pensé que debería pronunciar algunas palabras que estuviesen a la altura, pero la situación me resultaba tan embarazosa que no se me ocurrió por dónde empezar. Probablemente él estaba tan incómodo como yo, clavado en el suelo con la vista baja y todavía unos restos de sonrisa coleando, como si alguien le obligara a estar ahí, a hacer o decir algo que de pronto había olvidado. Nos quedamos callados unos segundos. El gato se retorció con impaciencia pidiendo que lo soltara en el suelo. Él lo agarró con más fuerza, lo apretó contra sí y, dando por finalizado nuestro diálogo, se dio la vuelta saliendo por donde había llegado. Miré su espalda cabizbaja y las piernas de autómata moviéndose ahora una, luego otra, hasta atravesar la puerta de los ojos de buey y tuve la certeza de que no volvería a verlo nunca más. ¿Había venido solo para enseñarme el gato? ¿Para entregarme un mensaje en clave? ¿O simplemente esa era su manera de despedirse? Me extrañó que nadie hiciera comentarios sobre el incidente. Por fuerza, tuvo que pasar por delante del mostrador de José Joaquín con el gatito en brazos, tanto al llegar como al irse; tuvo también que cruzarse con más funcionarios, conocidos o desconocidos, y aun así nadie lo mencionó, ni ese día ni los días siguientes. El jefe de negociado número dos se las había apañado siempre para deslizarse por todos sitios sin ser visto, no despertaba curiosidad en los demás, nadie le dedicaba ni un solo segundo de sus pensamientos. Yo nunca supe si se dio de baja por enfermedad o por agotamiento mental, si lo trasladaron a otro puesto o si finalmente su plaza se extinguió, extinguiéndose él al mismo tiempo.

De esta última aparición preferí no contarle nada a Sabina, quizá por un confuso sentido de lealtad hacia aquel hombre. Ya no era algo de lo que me apeteciera reírme.

Su relación con Víctor era un hecho que ni siquiera se molestó en notificarme. Era obvio, ¿no? ¿Qué necesidad había de hablarlo? Yo me preguntaba dónde habían quedado todas las burlas del pasado. ¿Ya no importaban los comentarios sarcásticos que habíamos hecho sobre él, día tras día? ¿Ya no era mediocre ni vago ni insoportablemente soso? ¿Ahora vestía bien, era elegante y buen compañero? De pronto me veía obligada a modificar mi discurso, que ya no resultaba oportuno, no se critica a la pareja de una amiga, ¿no es así? Yo ni siquiera sabía qué tipo de pareja formaban, cuáles eran sus intenciones. No me cabía en la cabeza que se pudiera cambiar tanto de un día para otro, aunque ¿y si en realidad no se había producido ningún cambio? ¿Y si todas aquellas críticas previas a Víctor eran fingidas? Quizá ahora me criticaba a mí, con él al lado. Quizá ahora la insoportablemente sosa era yo. Él le habría contado que yo era aficionada a mirar coños en el ordenador, que un día, nada más entrar, me pilló en mitad de la faena y que me puse colorada hasta las orejas buscando una excusa. A Sabina le dolería la barriga de reírse, le diría que siempre había sospechado acerca de mis gustos, y hasta se inventaría chismes horribles sobre mí.

Cuánto me dolía la mandíbula. La apretaba sin darme cuenta, se me quedaba rígida, me ardía. No por la oposición, no por concentrarme en el estudio, como sugirió Beni, sino justo al revés, por no hacer nada, por estar todo el tiempo buscando alrededor, tratando de entender, revisando una y otra vez la hora, observando. Chocaba los dientes inconscientemente, comprimía una hilera contra otra, agarrotaba la expresión, me tensaba. Solo me daba cuenta más tarde, cuando el dolor me recorría la cara y se me clavaba en las sienes, doblegándome.
Pero la mandíbula también me había dolido antes. De reírme. De todo lo que me había reído con ella, con Sabina.
Era el mismo dolor, curiosamente.

Encima de mi mesa descubrió un libro de poesía fonética dadaísta. Posó una mano encima y me preguntó con sorna: ¿y esto? Yo ya no tenía ganas de esconderme. Estaba rabiosa y también harta de su tono de superioridad. Un libro como otro cualquiera, respondí, ¿qué pasa? Sabina se puso a hojearlo y a leer fragmentos al azar en voz alta. *Y golpea y golpea y golpea página 222 página 223 página 224 y así a continuación hasta la página 299 pasa la página 300 y continúa por la página 301 hasta la página 400.* Estalló en una carcajada y luego, haciendo como que se limpiaba las lágrimas, dijo: perdona. Por toda respuesta, yo hablé de cómo me sacaban de quicio quienes critican los libros sin leerlos. Le dije que, igual que a ella le interesaban las curiosidades japonesas, a mí me interesaba la poesía, y abrí el cajón donde guardaba los poemarios que me prestaba Beni para que comprobara que era cierto. Luego dirás que te falta tiempo para estudiar, comentó, y ahí ya salté y le respondí, en primer lugar, que jamás me había quejado de la falta de tiempo, y en segundo, que ese comentario suyo era muestra de su rígida mentalidad conservadora, que ella se creía muy rebelde y trasgresora pero que a conformista no había quien la ganara, y que lo más triste era que ni siquiera se daba cuenta, de lo asumido que tenía el discurso oficial. Sabina soltó otra carcajada despectiva. Le dije que esa risa suya era una forma de perderme el respeto y que nunca más discutiría mis gustos con ella. Como ella ni se molestaba en defenderse, cogí carrerilla sin darme cuenta, empecé a desbarrar y solté cosas que no pensaba de verdad, como aquello tan grandilocuente de que la Historia con mayúsculas siempre ha perseguido a los Poetas con mayúsculas, y que, aunque a ella le pareciera motivo de burla, la vida creativa es la única vida posible. Se te va la olla, zanjó dándose la vuelta y me dejó con la palabra en la boca. Yo, con el corazón a galope, bajé la mirada y leí el libro por donde había quedado abierto, *y golpea y golpéalo todo junto y la cuenta está hecha y da uno.*

Estábamos desayunando solas, cosa extraña desde hacía algún tiempo.
Ella me había llamado para hablar. Yo pensé: más bien para pedirme cuentas porque he dejado de picarle.
Entre las dos se interponían los mismos objetos de siempre: la aceitera, un salero de plástico con unos granos de arroz en su interior, el cuenco con tomate triturado, su

monedero, el mío, un servilletero rojo de Coca-Cola, THINGS GO BETTER WITH COKE. Yo solía cogerlo y apretar las servilletas por los dos lados a modo de acordeón o daba vueltas al salero entre los dedos, nunca podía tener las manos quietas. Ahora no me atrevía a tocar nada. Mis brazos colgaban muertos hacia el suelo.

Lo que planeaba sobre nosotras no sé cómo describirlo, pero era algo corpóreo, que tenía nombre aunque yo no lo supiera. Un ángel maligno. Una lamprea con su redonda boca dentada. Su aliento helado, envolviéndonos.

Miré alrededor con desánimo. Me dio la impresión de que todo estaba sucio. Los cristales, las mesas. Mis uñas.

Ella se mostraba más distante que yo, más serena que yo. Había sido así desde el principio. Era yo quien se encendía y trastabillaba, quien tiraba las cosas y se manchaba. Si había riendas en algún lado, era Sabina quien las sujetaba, quien conducía todo, ahora por aquí, ahora por allá, elegante y diestra.

Sin parpadear, con cara de querer llegar hasta el fondo de la cuestión, me preguntó por qué estaba enfadada todo el tiempo. Era una pregunta que no buscaba respuesta y aun así era una pregunta sincera, real, que me hundió en la vergüenza, porque era cierto que yo estaba enfadada todo el tiempo, con todo el mundo, y no encontraba una explicación válida para esto. ¿Qué pretendía de ella?, preguntó después. Se notaba que me daba coraje todo lo que hacía, todo lo que decía. Que no soportaba a sus amigos y que censuraba sus conversaciones. Algo me había pasado, porque al principio, cuando me conoció, yo no era así, jamás le reprochaba nada, siempre estábamos de acuerdo en todo, una empezaba una frase y la otra la terminaba, había sintonía entre nosotras. Pero ahora me sentaban mal sus bromas, me sentía aludida ante cualquier comentario, siempre ponía cara de disgusto. No era ella quien había cambiado, era yo.

Me miró muy seria, con los labios fruncidos, los ojos entornados y una expresión de persona normal, sin atractivo. Quizá fuera el efecto de la luz, pero le noté unos granitos en el mentón que había tratado de camuflar con maquillaje. Me dio muchísima pena, los granitos, sus reflexiones, mis uñas sucias, tanta que estuve a punto de quebrarme, pero aun así me resistí con obstinación y no entré al trapo.

En mi opinión, expresé fríamente, dado que ya no nos entendíamos, era mejor que cada una fuera por su lado. Mi prioridad ahora era estudiar, no podía permitirme malos rollos, aunque le agradecía su sinceridad, le deseaba lo mejor en la vida y bla bla bla. No sé bien quién habló por mi boca, con toda aquella sucesión de frases hechas, muertas, que le notifiqué como quien desestima una instancia, burocráticamente.

No bajar a desayunar con Sabina significó no bajar ya en ningún momento.

Yo no quería encontrármela en la cafetería con sus compañeros. No quería cruzarme con ninguno de ellos, si era posible. Que me preguntaran por qué no me sumaba al grupo y que adivinaran la respuesta.

Tampoco quería bajar más temprano, como antes, porque entonces coincidiría con Beni, Teresa y el Monago, y les extrañaría verme sola, y me invitarían a unirme a ellos de nuevo.

Volver a desayunar con los tres, como en los viejos tiempos, equivaldría a admitir mi fracaso. Qué tipo de fracaso no sabría decirlo. Uno que me hacía regresar con la cabeza gacha tras el escarmiento. Uno íntimo, denigrante.

Cuánta importancia tenían los desayunos entre el funcionariado. Una importancia desmesurada, ahora lo comprendía. Elegir una compañía u otra era una declaración de intenciones.

Yo prefería estar sola. Apenas me movía de mi sitio, solo para ir al servicio, ida y vuelta veloz, sin alzar la cabeza. Me llevaba de casa pequeños bocadillos que devoraba en dos minutos. Me hubiera comido veinte mil iguales.

Beni me descubrió una vez desayunando en mi mesa. Le dije que era para aprovechar el tiempo y estudiar más a fondo. Mi respuesta no debió de resultarle convincente. Quizá percibió mi vergüenza. Ladeó la cabeza como un perro y me miró largamente sin decir nada.

Me arrepentía de no haberme tomado más en serio la oposición. Los días mariposeando. Los paseos sin rumbo. Mis divagaciones, los estúpidos poemas sin sustancia que imprimía a escondidas. El tiempo perdido esperando a Sabina con la abnegación de un perro en la puerta del súper. De una perra, en mi caso. Los rodeos innecesarios. Las vueltas, los desvíos. Ahora, frente a mí, el temario extendido. Cómo meterlo en esa cabeza mía llena de mil cosas inútiles. Trastos viejos, quincallería. Mi madre siempre decía que la primera fase de ordenar es tirar. Una inviable purga para mí.

Hincaba los codos en la mesa, agarraba los fluorescentes con dedos temblorosos, quería subrayar ciertas palabras, ciertas frases, pero se me torcía tanto el trazo que acababa tachándolas. Masticaba caramelos caducados, pegajosos, horribles, la enorme bolsa de la cabalgata de Reyes Magos que escondía en la cajonera para mantener la boca ocupada y no morderme los nudillos. Descuidaba el poco trabajo que tenía, haciéndolo a desgana. Ya no me quedaba energía para inventar reclamaciones, pero enviaba una a la semana, una obligación más que cumplía a rajatabla, porque, aunque quisiera, no podía parar. Un descenso precipitado no solo sería considerado preocupante, sino, todavía peor, una sospechosa desviación de la estadística a la que tratarían de buscar explicación. Atrapada en mi propia rueda, no sabía qué hacer para bajarme.

Si pudiera empezar de nuevo, me decía. Pero no terminaba la frase, me daba miedo.

Comprendí que, del mismo modo en que Sabina me había tratado a mí, había estado yo tratando a Beni.

Apreciaba cómo era, su amabilidad, sensibilidad y honestidad, mucho más que su compañía, que solía abrumarme.

Disfrutaba de algunas de las conversaciones que teníamos, pero no de todas o, mejor dicho, las disfrutaba hasta que empezaban a alargarse indefinidamente y me asaltaban las ganas de escapar.

Me gustaba gustarle, me sentía orgullosa de las atenciones que depositaba en mí, pero no tenía confianza con ella. Había montones de actos, pensamientos y deseos que jamás le hubiera revelado, porque asumía que no los entendería y que, incluso, los desaprobaría.

No era solo por temor a decepcionarla. Tampoco la consideraba digna de conocer mis secretos. Compartíamos únicamente algunas cosas, muchas menos de las que ella creía. El paisaje alrededor, algunas circunstancias, solo eso.

Podría haber ensanchado ese terreno, pero no tuve interés, porque mi interés estaba en otros lados.

Mirado de esta forma, el paralelismo era evidente y doloroso.

Sabina no me consideró digna de conocer sus secretos y deseos.

Nunca tuvo interés en ensanchar nuestro terreno.

Yo debía de haberla abrumado muchas veces sin saberlo.

Habíamos vuelto a leer poesía juntas. Un día, ante un poema de Maiakovski, me eché a llorar de pronto.

Los mayores tienen asuntos.
Los rubios tienen bolsillos.
¿Amar?
Por favor,
por cien rublos.
Y yo,
sin casa y sin techo,
las manzanas metidas en los bolsillos rotos,
vagaba asombrado.

Eso leíamos. O mejor dicho, eso leía Beni, y yo solo escuchaba, como de costumbre.

Levantó la cabeza. ¿Qué te pasa?, me preguntó. Yo intenté contener el llanto y fue peor. Se acercó a darme un abrazo. Sentí el rígido corsé en torno a ella, la apreté. Apoyé mi cabeza en su hombro, le mojé la camisa, rojo oscuro sobre el rojo más claro de la tela.

Ay, me dijo, y no dijo nada más.

Me recompuse y ella siguió leyendo, espiándome de reojo.

El corazón tiene su apéndice,
y su carga sin gastar,
es simplemente insoportable.
Insoportable,
no para el verso,
de verdad.

TERMINACIÓN

Era otra vez septiembre. Primeros de septiembre, para ser precisa, cuando muchos funcionarios volvían de vacaciones y el ambiente era de ajetreo a primera hora y de adormecimiento el resto del día. Yo estaba estudiando, o mejor dicho tratando de estudiar, de sujetar las ideas que se me desataban y se desparramaban aquí y allá. En la zona de los despachos comenzó a sonar un teléfono. Un teléfono que nadie cogió porque allí ya no había nadie y que oí desde mi sitio sin mover ni un dedo. Las llamadas se repitieron cada cuarto de hora más o menos. Quien fuera no se dejaba vencer tan fácilmente, no colgaba, se quedaba un buen rato insistiendo, probablemente todo lo que el teléfono le permitía. Me levanté a mirar. Las llamadas provenían del segundo despacho. ¿Quién llamaba y qué quería? Quizá era alguien que buscaba noticias del jefe de negociado número dos. Alguien que necesitaba hablar con él urgentemente, con desesperación. Tal vez yo podía ayudar a esa persona. La puerta del despacho estaba cerrada, la luz apagada y el teléfono dale que dale, pero yo había aprendido a rescatar las llamadas, que fue lo que hice aun sin saber si estaba autorizada.

Una mujer se dirigió a mí con tono apremiante. Preguntó por Virginia. ¿Qué Virginia?, quise saber yo. Ella solo repitió: ¿Virginia? ¿Virginia? Aquí no hay ninguna Virginia, dije, ¿qué quiere exactamente? Qué pregunta más tonta: la mujer quería hablar con Virginia, no conmigo. Era Virginia quien se encargaba de su caso, explicó al fin, quien sabía todas las *particularidades*. No pensaba repetir otra vez las mismas cosas, de ninguna manera se sometería de nuevo a esa humillación, ya había conseguido notificar correctamente todos los datos y no correría ahora el riesgo de equivocarse. Virginia le había insistido en que se comunicara con ella, le había facilitado su teléfono directo, así que no hablaría con nadie más, solo con Virginia, ¡y ya estaba hablando demasiado!

Le prometí que le daría el recado a la tal Virginia y que ella le devolvería la llamada.

Pero yo no sabía quién era Virginia.

Pregunté en el departamento. Ninguno de ellos era Virginia. Nadie conocía a ninguna Virginia. El despacho donde sonaba el teléfono llevaba muchísimo tiempo vacío, precisaron —no tanto, pensé yo sin corregirlos—. La mujer que llamaba se confundía y punto, dijeron, no merecía la pena darle más vueltas. Pero después, tras considerarlo unos segundos, un funcionario chasqueó los dedos. Virginia Galván, dijo. Debía de referirse a Virginia Galván. Una gran profesional. Cambió de departamento. Ascendió. No, no ascendió, intervino una compañera, ahora tenía un puesto del mismo nivel y rango, pero en otro organismo. Se produjo una discusión acerca del actual destino de Virginia, en la que participó incluso la funcionaria que antes había asegurado no conocerla. Yo no saqué nada en claro. ¿Por qué no intentaba averiguar qué quería exactamente la interesada?, me sugirieron, como si tan brillante idea no se me hubiera ocurrido ya a mí misma.

Pero aquella mujer, que llamó algunas veces más aquel día y los siguientes hasta que no le quedó más opción que rendirse, nunca soltaba prenda. Aseguraba haber sido atendida por Virginia hacía menos de un mes. ¿Virginia? ¿Virginia?, repetía sin descanso. ¿No tendrá mal el número?, insinuaba yo. ¡Pues claro que no!, respondía ofendida, cauta, como si ya antes le hubieran tendido una trampa y no se fuese a dejar cazar nunca más.

Si esta historia se la hubiera contado a Sabina en otro tiempo nos habría resultado de lo más cómica. Ahora solo me parecía desesperante. Era como ver a Perrito Luis cuando un cani del barrio le hizo comer un puñado de bolas de pimienta, dando vueltas sobre sí mismo, jadeante, sofocado, intentando expulsar de su cuerpecito el demonio que aquel imbécil le había metido dentro.

Cogía el ascensor, subía a la terraza y fumaba tragándome el humo hasta el fondo, encendiendo un cigarrillo tras otro con avidez, yo, que nunca había sido una verdadera fumadora, que solo había fingido serlo. Miraba los edificios, el estadio, el parque, las circunvalaciones, el cielo blanquecino y amargo. Ahora era un paisaje anodino, una vista sin más. Me fijaba en un punto en mitad del río, un punto insignificante, casi invisible, por ejemplo, un piragüista en su piragua, y forzaba la vista para seguirlo lagrimeando por el humo del tabaco. Pensaba: si llega al puente en menos de cuarenta segundos apruebo la oposición; si no, no. No llegaba. Regresaba a mi mesa y estudiaba a pesar de todo, el tema 1 y el 12 y el 53, escogiéndolos al azar, con desánimo, en medio del inconstante ronroneo que otra vez había vuelto a tomar protagonismo en mi vida. A menudo me quedaba en blanco, absorta en las burbujas de la máquina del agua, y me preguntaba si los demás notaban mi dolor. Beni seguro que sí, porque me había visto llorar, pero los otros no, tal vez todo el mundo estaba ensimismado en su propio dolor, que yo tampoco notaba. Un día José Joaquín se me quedó mirando muy fijo, como dándose cuenta de algo que ya no se podía ocultar por más tiempo, y me preguntó cómo vas, niña, aunque le había pedido mil veces que no me llamara niña. Ya no era tan socarrón como al principio. Inexplicablemente, me había ido ganando su respeto.

Cuando empecé a abandonar mis funciones y a redactar los informes de cualquier modo, solo para acabar cuanto antes, sin prestar atención a la exactitud de los datos, ni a la precisión del lenguaje, ni a los formatos tipográficos, ni a las incongruencias ni a nada, hice un descubrimiento terrible: nadie apreciaba las diferencias.

El segundo descubrimiento llegó de inmediato, asociado al primero. Una parte de mí se había desgajado irremediablemente de mis actos. Si existía un centro desde el que mirar, yo ya lo había perdido por completo.

Hiciera lo que hiciera, un cachito de mí siempre quedaba al margen, abucheando, sugiriéndome insidiosas alternativas, todas contradictorias.

Vete. Quédate. Miente. Aprovéchate. Amóldate. Huye. Quémalo todo.

Comprendí que cuando deformaba las palabras no era para construir algo nuevo, sino para eludir su significado y desnaturalizarlas. Como un modo de verlas desde fuera sin implicarme, de no apropiármelas.

Como crear una forma verbal nueva: la cuarta persona del singular. Ni yo ni tú ni ella, sino alguien más allá que pudiera observarlo todo en la distancia sin tener por qué formar parte de lo dicho.

La mañana del eclipse no cabía un alfiler en la terraza. Se autorizó a todo el personal a subir para contemplar *tan sorprendente fenómeno astronómico*, según comunicación oficial, pero la dispensa solo era válida entre las 10.40 y las 11.10, había que atenerse a ese horario, restricción que se cumplió escrupulosamente, aunque el resto de los días muchos nos la pasáramos por el forro. Según explicó un funcionario entendido en el tema, estábamos ante un acontecimiento histórico, ese tipo de eclipse solo se producía una vez cada ocho años. Cada doce, puntualizó otro. Cada veintiuno, corrigió uno más. Otro funcionario más joven, creo que más fiable, aseguró que de eso nada, que los eclipses parciales ocurren todo el rato, y que lo único infrecuente es que se reúnan las condiciones meteorológicas óptimas para verlos. Hubo un breve pero muy masculino debate sobre esto, con argumentos que se cruzaron y que nadie escuchó propiamente. En lo que sí estaba todo el mundo de acuerdo era en que no se debía mirar al cielo sin protección, las retinas corrían riesgo de dañarse, ni siquiera las gafas de sol eran fiables, así que ¡precaución! Armados con cajas, papel de aluminio, alfileres y tijeras, algunos se pusieron a construir rudimentarios filtros siguiendo las instrucciones de un tutorial de internet.

Yo me negaba a subir, prefería quedarme estudiando en mi mesa, pero Beni, que había conseguido un filtro para mí, corrió a buscarme y me estuvo insistiendo un buen rato. ¿Qué trabajo me costaba contentarla? Por mi culpa, por tardar tanto en acceder, tuvimos que subir por la escalera, diez plantas enteritas a pie, porque los ascensores ya estaban saturados. En el último tramo, Beni, jadeando, se echó las manos a las caderas con un gesto de dolor, pero no supe cómo disculparme, a ella no le gustaba que se le mencionaran sus problemas físicos. En la terraza reinaba un ambiente festivo, como de verbena. Olor a frutos secos, a termos de café, a jabón de manos. Algunos funcionarios sacaban fotos, reían o hablaban por teléfono. Otros se lo tomaban más en serio y pedían silencio con airados siseos, como si el cielo pudiera ofenderse por no mostrar suficiente respeto.

Yo no quería encontrarme con Sabina bajo ningún concepto, no en esa situación, pero no podía evitar buscarla a un lado y otro. A tan solo unos metros distinguí a Víctor, con la cabeza como en equilibrio sobre el cuello y su pelo color zanahoria. Me consoló que Sabina no estuviera con él y al mismo tiempo pensé: qué raro. Vi también a algunos de sus otros compañeros. El *Carapán*. El *Cerdi*. *Napoleoncito*. A todos les había puesto su mote. Me pregunté qué mote me habría puesto a mí. Me alegró no saberlo.

En el minuto previsto, la luna le dio un bocado al sol y todo se volvió naranja oscuro en medio de muchos ahhhh y muchos ohhhh. Melón maduro, salmón, fuego, hierro oxidado y luego arena de las playas de Cádiz. El filtro solar de Beni no me encajaba bien en la nariz, se me resbalaba a cada momento. Sin que ella lo advirtiera, clavé la vista al suelo y la dejé fija en los pies. Una pequeña corriente de aire frío pasó en torno a mis orejas. Como un susurro, como un aviso. *Dispensa*, escuché. *Dispensa extrema. Astronomía extrema. Extrenomía*. Al acabar, Beni creyó que lagrimeaba por culpa del eclipse. Preocupada, me inspeccionó las pupilas y se ofreció a traerme gotas oculares. Intenté transmitirle, con todo el tacto del mundo, que me dejara un poquito en paz, pero no hubo manera. Bajamos las escaleras en pelotón, muy despacio, entre comentarios admirativos por el espectáculo. De tanto en tanto, un funcionario que iba un par de escalones por delante de nosotras se volvía a observarme con ojos burlones, como si me conociera de algo. Es el interventor Vilas, me comentó Beni por lo bajo, tiene mucho poder. ¿Y por qué mira tanto?, pregunté. Ella suspiró teatralmente. Tú ándate con cuidado, dijo, que a ese también le gusta la poesía.

Leía y releía los mismos temas, me forzaba a memorizar su terminología tan antipática, hacía esquemas en folios que rescataba del contenedor de reciclaje, copiaba fragmentos. Luego, como boicoteándome a mí misma, cambiaba el orden de las palabras, de las frases y hasta de los párrafos completos, y todo sonaba igual, para mí ya no había diferencias. Avanzaba, pero muy despacio. A veces miraba el temario con tanta atención que terminaba por no distinguir nada. Las letras bailaban en el papel, el papel olía a tinta. Era un papel reciclado áspero, ocre, con algunas manchitas dispersas aquí y allá. Me fijaba en las manchas más que en las palabras. O me fijaba en las palabras y las agrupaba y desagrupaba a mi antojo, las transformaba sin pensarlo y me las aprendía mal. Funcionamiento de los entes locales. Potestades. Control y conflicto de los entes locales por la administración del Estado. Control, potestades. Conflictos locales. Funcionamientos locales. Administración del conflicto. Loca, locales. Control, controles. Funci, función, funcionario, funi funi. Impugnación de actos. Pugna. Conflicto. Potestad. Protestad.

El día previo al primer examen desayuné con Beni. Con suavidad, extendió la mano por encima de la mesa, cogió la mía para darme ánimos. Yo estaba exhausta. Las dos últimas semanas había estado estudiando catorce horas diarias y ni siquiera me sabía un tercio de los temas.

Aquel contacto terminó de desarmarme. Balbuceé algo sobre el miedo. ¿Miedo a qué?, susurró tiernamente. Eres mejor que el resto, dijo. Negué con la cabeza. No. Miedo a pasarme la vida atrapada en un edificio como ese. A que la monotonía se convierta en costumbre y después en necesidad. Su mirada se empañó de tristeza. Comprendí que la había lastimado.

Me apresuré a explicarme. Mis dudas se referían a si sería válida para ese trabajo. Si era la persona adecuada, si contaba con el carácter necesario. Ella lo había dicho muchas veces, ¿no?, que ser una buena funcionaria es cuestión de carácter.

Beni estaba pensativa, apesadumbrada, como si de pronto entendiera más allá de lo que yo decía, más allá incluso de lo que era capaz de decir.

Es una vida extraña, dijo, solo hay que entrar en ella y asumirla, pero una vez que se asume puede servir, a mí me sirve.

Levantó la cabeza. Tenía los ojos húmedos, brillantes y un poco ansiosos. Oye, me dijo. Qué, respondí. No pasa nada por escoger otro camino, ¿sabes?

Esa frase me consoló enormemente, y al mismo tiempo me dieron muchísimas ganas de llorar. Beni apretó mi mano, que no había soltado en ningún momento. Me sugirió que me marchara a casa a descansar, que almorzara algo nutritivo y me echara una buena siesta. Eso es lo que recomiendan los preparadores de oposiciones, me recordó: no estudiar el último día, pararlo todo, vaciar la mente.

Agradecí sus consejos, pero ya no podía olvidar el momento de quiebra por el que las dos habíamos pasado.

Como si hubiésemos bajado juntas a un lugar prohibido, hubiésemos abierto la puerta y luego, asustadas por nuestra osadía, hubiéramos vuelto otra vez a la superficie, fingiendo no haber visto nada.

Para el examen se habían reservado cinco grandes salas de la planta baja. Como era sábado, el resto del edificio estaba vacío, las puertas cerradas, las luces apagadas, los teléfonos en silencio y los pasillos más muertos que de costumbre. El acceso lo controlaban solo dos vigilantes, que asistieron imperturbables a la llegada de cientos de personas con el rostro tenso y los ojos extraviados como zombis. A algunos les temblaban las manos, otros repasaban el temario rumiando en voz baja, como rezando —quizá rezando—. Nos mirábamos de reojo, evaluándonos con recelo. Había gente joven, aunque la mayoría eran mayores que yo, incluso muy mayores, incluso viejos. Me resultó un poco deprimente, por mucho que el calendario del opositor insistiera en que no hay edad para el Éxito y que la madurez puede ser la Llave Secreta del Triunfo.

La distribución en las salas iba por apellidos, a mí me tocó la última. Abrieron las puertas y entramos en orden pero muy apretados, al mismo paso, identificándonos debidamente. En otros edificios de la administración, a la misma hora, otros opositores estaban entrando en salas similares. A todos se nos entregaría la misma prueba eliminatoria, un cuestionario cuyas preguntas había que responder correctamente en un 70 % como mínimo; en caso contrario, la persona aspirante era eliminada.

Escogí una mesa pegada a la pared. Una mosca zumbaba alrededor. Se posó en el tablero, en el respaldo de la silla delantera, en el estuche con mis siete bolígrafos por si alguno fallaba, sobre mis dedos. Atrapada en la sala, esa mosca me pareció mucho más libre que todos nosotros. Ella no tenía que enfrentarse a un tribunal ni demostrar nada, su futuro no estaba en juego, en parte porque tampoco tenía mucho futuro. ¿Cuánto vive una mosca?, me pregunté. a) Tres días. b) Una semana. c) Veintiún días. d) Las tres opciones anteriores. La seguí con la vista mientras los demás opositores ocupaban su sitio entre murmullos. Delante de mí se sentó un hombre con el pelo rizado y esponjoso, le clareaba por algunas zonas dejando ver el cuero cabelludo irritado por el estrés. Me cayó bien, le deseé suerte. La mosca se le puso en el hombro, luego en un rizo, columpiándose como en un balancín, después se marchó volando en zigzag. Explicaron las normas, que todos ya sabíamos. Las repitieron tres veces con muchas preguntas e interjecciones: ¿eh?, ¿de acuerdo?, ¿estamos? La persona encargada de aquel trámite, una mujer huesuda con el pelo muy corto y los labios muy pintados, ¿quién era? Yo había oído que algunos funcionarios se presentaban voluntarios para participar en la logística de las oposiciones. A otros les tocaba por sorteo, como te puede tocar una mesa electoral o un jurado popular, lo que es mucho peor. Pero esa mujer que supervisaba con autoridad militar la correcta distancia entre nosotros, ¿estaba allí obligada o por voluntad propia? Ambas posibilidades me parecían aterradoras. Yo misma, ¿cómo estaba allí? ¿Obligada o por voluntad propia?

A las diez en punto nos entregaron el examen. Yo, si algo había aprendido de los exámenes de prueba, era que no hay que pararse a razonar, que es mejor actuar como cuando se suelta de memoria un número de teléfono o una contraseña. Me dije a mí misma: no pienses, ni se te ocurra pensar lo más mínimo, rodea las respuestas con decisión, no taches, no titubees, tira los dados, arriésgate. a) c) d) a) a) a) b) d) b), etc. Acabé en unos quince minutos. Otros acabaron antes. Al levantarme puede ver al hombre de delante todavía en plena faena. Su cara era muy diferente a como la había imaginado. Arrogante, blanda, con aire de que nadie se la iba a dar con queso. Levantaba los párpados con perplejidad, sacudía la cabeza con escepticismo. Toda la suerte que le había deseado para qué. Despilfarrada. Él no parecía necesitar mi suerte y yo no estaba en situación de derrocharla.

Que aprobé este primer examen resultó ser un hecho cierto. Ahí estaba la calificación oficial, ante mis ojos. Cómo pudo ocurrir es algo más difícil de explicar. Yo lo había dado todo, o mejor dicho, había dado todo lo que podía dar, y aun así era como si la nota hubiese salido en una ruleta. Tenía un 5,73, una puntuación que reflejaba con exactitud y precisión lo que yo había conseguido dentro de aquella sala, pero hubiese podido creerme cualquier otra cifra, por ejemplo la inversa, 3,75.

Beni estaba loca de contenta, Teresa y el Monago también corrieron a darme la enhorabuena, yo no sabía cómo corresponder a todo ese entusiasmo. Sonreía como cuando se me quemaba la cara por el sol, con tirantez, pero tras mi sonrisa latía una honda sospecha hacia mí misma y una desconfianza general hacia todos, hacia todo. Había hecho trampas, ¿no? Pegarme el atracón de estudiar las últimas semanas, saberme solo un puñado de temas y aun así sacar casi un 6, ¿no era eso hacer trampas? Beni me habló del síndrome de ansiedad inversa, un fenómeno psicológico propio de los opositores consistente en que el malestar se manifiesta en el momento más ilógico de todos. ¿Y cuál es el más ilógico?, preguntó. ¡Después del examen, tras el aprobado! Que me sintiera descolocada podía entenderse como una reacción de autoprotección. Es más, era un estado mental positivo en vista de lo que todavía me quedaba por delante –la escalera, la montaña–, opinión que respaldó mi madre cuando la llamé por teléfono para darle la noticia y ella, por toda felicitación, me advirtió de que no lo diera todo por ganado, que aún faltaba el segundo examen y que, de bajar la guardia, nada.

Recuerdo que aquel día, al pasar por delante de un cristal, no reconocí mi reflejo. Pegué un respingo. ¿Esa era yo? ¿Tanto tiempo había pasado? Era como si me estuviera desvaneciendo o transformando en otra persona. Mudando de piel. Metamorfoseándome. O a lo mejor, pensé, me estaba convirtiendo en quien verdaderamente era.

Otra revelación llegó días después. Iba deslizándome por el pasillo cuando me golpeó. No sé cómo. Los detalles que había a mi alrededor dejaron de ser detalles. Cada uno de ellos era, en sí mismo, tan digno de atención como el resto de las cosas que componen el mundo. No había jerarquías ni prioridades. Tuve miedo, pero también un suave placer cosquilleante, inquietantemente parecido al comienzo de la excitación sexual. Todo era intenso, todo era vívido. Pensé que si alguien me veía desde fuera creería que estaba drogada, porque no podía dejar de mirar alrededor, boquiabierta, incapaz hasta de sujetarme la mandíbula y cerrar los labios. Ahí estaban, desafiantes, el cremoso color de los paneles de las paredes, el brillante azul de las cenefas, el gris translúcido de los cristales, y cada uno de los reflejos, desperfectos y manchas de estos paneles, cenefas y cristales, por mínimos que fueran. El plateado de los pomos contrastaba con la blanca rotundidad de los enchufes. Uno estaba un poco torcido. La señal luminosa del extintor de incendios se situaba a unos diez centímetros sobre un extintor rojo como la sangre. Las junturas entre las grandes losas recién pulidas dejaban ver los finísimos granitos de polvo que se habían ido acumulando a lo largo de años. El aire, de un inexplicable color verdoso, recordaba al agua de una pecera, con sus extrañas cositas flotantes. Pensé: de tanto estar aquí, esto se ha convertido en mi universo, alguien me ha abducido de mi mundo anterior, quizá yo misma. Allí dentro ya estaba todo. Curiosamente, no había sombras. La misma luz intensa y preorgásmica. Aquello duró un par de minutos como mucho, pero dio tiempo de sobra para verme desde fuera, como en un viaje astral, y asistir a mi propio envejecimiento, cruzando a un lado y otro del pasillo, ida y vuelta, una yo cada vez más canosa, con la espalda más ancha y encorvada, una yo de cuarenta, de cincuenta, de sesenta años, con las tetas caídas y papada. Dicen que cuando uno muere ve pasar por delante las escenas centrales de su vida, como una proyección de diapositivas que se suceden bajo una apabullante luz sin reflejos. Eso es lo que yo vi, más o menos, solo que las escenas que me reservaba el destino eran prácticamente idénticas, como las series fotográficas de Eadweard Muybridge, de modo que pensé: estoy muerta. Pero no era una sensación desagradable. Más bien un letargo en el que no me importaba acurrucarme, como cuando se tiene mucho sueño.

Fue entonces cuando Echevarría me llamó a capítulo a su despacho y me advirtió, señalándome con el dedo: cero escándalos.

Esto ocurrió entre el primer y el segundo examen de la oposición. Un viento helado recorría las entrañas del edificio, pero en aquel despacho hacía un calor de mil demonios, calor de invernadero, húmedo e impropio. A Echevarría le sudaba la frente, llevaba desabotonada la camisa casi hasta la mitad del pecho. Aparté la mirada del vello, pero no pude sostenerla en sus ojos, que iban de acá para allá irradiando fastidio. ¿Sabes por qué estás aquí?, me preguntó sin saludo previo. Pues porque me ha llamado, respondí. Vaya, ¿encima te vas a hacer la graciosa? Alzó el tono, enderezó la espalda en el sillón, la cara se le encendió de cólera. No me había dado permiso para sentarme y aun así me senté. ¿De dónde sacaba yo el arrojo, la desvergüenza? Bueno, no era arrojo ni desvergüenza. Era estupefacción. No entendía nada.

Echevarría habló de una infracción. Una infracción que yo había cometido. Una o varias; si no sabía a qué se estaba refiriendo, mal íbamos, mejor que lo reconociera y punto. *Y punto* era un decir, claro, consecuencias habría, consecuencias *tenía que haber*, de mi actitud dependía en gran medida qué tipo de consecuencias. Él no estaba en la obligación de prevenirme, si me había llamado era solo para mostrarme su profunda decepción. Había apostado por mí y mira hasta dónde había llegado la apuesta. Qué desfachatez. ¿Qué me había creído que era la administración? ¿Un lugar para hacer y deshacer lo que me diera la gana? ¿Mi cortijito? Es increíble, decía meneando la cabeza, y repetía en voz más baja: increíble, increíble.

Bueno, ¿es que no vas a decir nada?, preguntó. Por mi cabeza pasaron a toda velocidad muchas respuestas, ninguna válida. ¿De qué me acusaba? De las reclamaciones inventadas, de qué si no. Aunque, bien mirado, yo había hecho otras cuantas cosas cuestionables. Le había picado a Sabina durante meses, había utilizado la impresora para mi uso particular, había subido a la terraza a pesar de estar prohibido, había entrado donde no debía entrar y toqueteado lo que no debía ni rozar, me había llevado bolígrafos a casa –y unas tijeras y un portarrollos de fixo–, había leído documentos que se suponían confidenciales y jugado con las tiras de los papeles de la trituradora, también confidenciales, había hecho desayunos de dos horas y hasta fingí ser periodista en una rueda de prensa, aunque esto último él ya lo sabía.

Como no concretaba el cargo, pensé que era mejor no abrir la boca. Echevarría sí habló, pero ya echándome a las prisas. Dijo: se te notificará la incoación del expediente en tiempo y forma, se pondrá en marcha el procedimiento correspondiente, se te dará el debido trámite de alegaciones y se te impondrá la sanción que *tú solita* te has buscado. Solo te pido, dijo como si yo estuviera deseando lo contrario, solo te pido –pero no sonaba a petición, sino a amenaza– que no le des publicidad a esto. Que sea rápido, que sea *confidencial*.

Cero escándalos.

Si se demostraba que había estado enviando reclamaciones falsas, ¿qué podía ocurrirme? ¿Me suspenderían de empleo y sueldo por un tiempo? ¿Romperían mi contrato de interinidad por completo? O, aún peor, ¿me inhabilitarían para acceder a cualquier empleo público en el futuro, justo ahora que llevaba la mitad de la oposición aprobada?

Aunque también me inquietaban otras preguntas: ¿cómo se habían enterado? ¿Qué hizo saltar las alarmas? ¿A alguno de los sabios del comité se le encendió una luz, sospechó y pidió una investigación? ¿Pudo ser Teresa, ante la reclamación que me ordenó archivar, aquella que tan grosera y de tan mal gusto le había parecido? ¿O tal vez Sabina se fue de la lengua, les contó la jugada a sus compañeros y después uno de ellos, funcionario ejemplar, me delató? ¿Por ejemplo Víctor, aun sin ser funcionario, por pura antipatía hacia mí?

Desde nuestra ruptura solo había visto a Sabina una vez, y fue por detrás y de lejos. Llevaba un vestido burdeos que no le conocía, botas de cordones, medias negras de rejilla y el pelo recogido en una coleta. El vestido no le sentaba bien, le hacía parecer un poco patizamba. La estuve observando en la distancia sin que se diera cuenta. Con amargura y tristeza, sin rencor.

Ese mismo día, le solté a Beni un comentario despectivo sin venir a cuento. Algo sobre lo pesada que era, cuando ella solo pretendía animarme con el último *empujón* de la oposición, como lo llamó. ¿Y qué más da?, protesté, si a lo mejor ni me presento al examen. Beni palideció, dejó escapar un grito ahogado: ¿qué estás diciendo?

Era evidente que la noticia aún no había llegado a sus oídos. Quizá debía ser yo quien le confesara lo que se avecinaba, no permitir que se enterara por terceros. Tampoco en esto estuve a la altura.

Cuando me preguntó a qué se debía mi mala cara, respondí que no tenía mala cara. ¿Cómo que no?, insistió, tú no estás bien, y me puso la mano en la frente maternalmente. Había un virus circulando por el edificio, dijo, muchos funcionarios estaban enfermando. Era un tipo de faringitis muy contagiosa que por fortuna solo duraba dos o tres días, aunque algunos se cogían una baja más larga, siempre hay gente que se aprovecha de las circunstancias, dijo, y ese comentario crítico que deslizó de pasada me hizo mella, porque lo mío era más grave y muchísimo más cuestionable que alargar un malestar físico. Vete a casa, me pidió, tienes que descansar y reponerte.

Yo no quería que Beni estuviera pendiente de mí, no quería que siguiera indagando y tampoco quería irme a mi casa ni reponerme. Mi único propósito era quedarme agarrada a mi mesa sin ver a nadie.

Podía irme, pero no quería irme.

Esta constatación me turbó un poco.

Como si todavía tuviera algo que perder.

La espera fue brevísima, enseguida se corrió la voz, quieta en mi madriguera solo me quedaba anticipar las posibles reacciones. ¿Quién vendría a darme apoyo?, ¿quién no? Yo tenía la certeza de que Beni vendría, incluso aunque hubiera matado a alguien. Compungida, defraudada, presa del desconcierto y de la incomprensión, pero vendría, como en efecto vino, con los ojos como platos, sin dar crédito, intentando ponerse en mi pellejo, preguntando por qué y queriendo de verdad escuchar la respuesta que yo no podía darle.

¿Teresa? No. Teresa no vino. Se limitó a expresarme su decepción en un encuentro casual, con los ojos chispeantes por el cabreo y el Monago puesto ahí al lado como un pelele, con la cabeza baja y mudo por completo. No me iba a decir lo mal que la había hecho quedar, afirmó con mucho sentimiento, el lugar donde la dejaba con mi *desvergonzada* actitud. ¿En qué había estado yo pensando para cometer semejante *insensatez*? No pretendía perjudicarme, ya bastante perjudicada estaba, ¡expedientada antes siquiera de ser funcionaria!, pero tampoco iba a ayudarme, eso ni soñarlo, mejor quedarse a un lado y no intervenir. Como si alguna vez hubiese hecho lo contrario, pensé yo.

¿Y los demás? ¿De qué o de cuánto estaban enterados? ¿Qué pensaban al respecto? Yo no tenía la menor idea, el silencio alrededor era espesísimo. Tuve la sensación de que se deslizaban comentarios a mi paso, aunque siempre se habían deslizado, no era un cambio. Noté miradas raras, suspicaces e indescifrables. Pequeños vacíos, ausencias en los lugares a los que llegaba. La gente cambiaba de dirección, fingiendo no verme, o se alejaba de mí lo más posible, como si de verdad hubiese pillado aquella faringitis tan contagiosa o incluso una peor, una mortal.

De alguna manera, me estaban poniendo en mi sitio. Como si me devolvieran al lugar de donde jamás debí haber salido.

Sería un procedimiento sumario en el que se daría audiencia a la interesada, es decir, a mí. *Dar audiencia* me sonaba tan ceremonioso como inmerecido, como si un ujier fuese a anunciar mi llegada ante un jurado, cuando se trataba solo de comparecer y responder a unas pocas preguntas. El órgano instructor, llevado por los principios de eficacia, celeridad y economía, había optado por el rapidito y discretito, pero el procedimiento era el procedimiento y había que cumplir todos los pasos.

De todo esto me informó Salu con aséptica profesionalidad. Si tenía su propio veredicto sobre el caso, no me lo demostró. Me entregó varios documentos, me hizo firmar la notificación del pliego de cargos, la citación y no sé qué más papeles, yo había sido informada de esto y tenía conocimiento de aquello, etc. También me dijo que el instructor del procedimiento sería el Monago, y esto sí que me pilló por sorpresa. Me acordé de los supervisores de los exámenes; me surgió la misma curiosidad: ¿se había presentado voluntario o lo habían designado sin más? Es el funcionario del departamento cuyo perfil se ajusta más a lo prescrito en el procedimiento, aclaró Salu como si me estuviera leyendo la mente.

Sin embargo, no se habían previsto medidas cautelares para mí, podía seguir yendo a sentarme a mi mesa a hacer lo de siempre, es decir, a no hacer nada.

Si me hubiera limitado a eso desde el primer día, pensé, a no hacer nada, infracción, desde luego, no habría cometido.

Lo primero que me sorprendió fue que se dirigieran a mí por mi apellido, me llamaran *señora* y me trataran de usted con toda formalidad, como si fuera la primera vez que me vieran en su vida. Tuve la sensación de que irrumpía en un plató de rodaje en el que trabajaban actores profesionales, sin que nadie me hubiese aclarado el papel que me tocaba representar a mí. Me dio la risa floja, pero Echevarría me frenó en seco: ¿lo encuentra divertido, señora Villalba? Salu, que tomaba notas a toda velocidad, dejó los dedos inmóviles sobre el teclado, curvados como garras. Se formó un silencio espeso y mordiente. No, respondí, no es nada divertido.

Cruzando los brazos, en tono de tener que cumplir con un trámite que le resultaba sumamente irritante, Echevarría anunció que procedíamos a la primera toma de declaración de la señora Villalba, esto es, mía, con el fin de esclarecer los hechos imputados. El señor Monago, en representación del órgano instructor, realizaría una serie de preguntas *muy concretas* que, en esta fase inicial del procedimiento, exigían respuestas *muy concretas*. Los detalles ya vendrían más adelante, si es que venían, dijo levantando la barbilla.

Estábamos en una diminuta dependencia sin ventanas. Una mesa redonda con un fino tablero color sepia. Tres patas metálicas, cinco incómodas sillas, cuatro personas. El lugar idóneo para comenzar el interrogatorio, pensé, pero también para realizar una entrevista de trabajo, contratar un seguro médico, formalizar una hipoteca, anunciar un despido.

Me parece bien, dije.

A usted no le tiene que parecer ni bien ni mal, dijo Echevarría. En este proceso disciplinario sus pareceres no importan.

El Monago, carraspeando exageradamente para marcar el inicio del acto administrativo, enunció el día y la hora, mi nombre completo y la denominación de mi puesto de trabajo. A continuación me preguntó si conocía los motivos que habían propiciado la incoación del expediente disciplinario.

Más o menos.

Responda solo sí o no, señora Villalba, advirtió Echevarría.

Sí.

El Monago preguntó si yo era la responsable de recepcionar las reclamaciones en la OMPA.

Si por recepcionar entendemos recibir, sí, dije.

He dicho que responda solo sí o no, señora Villalba, repitió Echevarría.

Sí.

¿Así ha sido desde el momento de su incorporación en el puesto?

En realidad, no. Desde el momento de mi incorporación hasta la llegada de las primeras reclamaciones pasaron por lo menos cinco meses.

Echevarría alzó las cejas incrédulo, como si no lo supiera de sobra.

El Monago me pidió que describiera el procedimiento que seguía cada vez que se recepcionaba una nueva reclamación. Yo expliqué todas aquellas rutinarias formalidades de las que me ocupaba: notificar, dar de alta en la base de datos, abrir expediente, acusar recibo...

¿Alguien más se encarga de esas tareas?

No.

¿Solo usted?

Solo yo.

¿Y en su ausencia?

Nadie.

¿Cómo que nadie? ¿Durante sus vacaciones, por ejemplo?

Nadie.

¿Cómo puede ser eso?

Pues porque es muy poco lo que llega. Casi nada.

Echevarría fingió sorpresa otra vez, cruzando y descruzando los brazos ostentosamente.

Le pregunto esto, señora Villalba, continuó el Monago,

porque a raíz de una denuncia interpuesta hemos obtenido pruebas irrefutables de que se han recibido reclamaciones falsas en este organismo, y por falsas quiero decir *inventadas*.

¿Eso es una pregunta?

No, es solo una exposición de los hechos, dijo el Monago, y se tomó su tiempo para aclararse la garganta. Que alguien le dé un caramelo, por Dios, pensé.

Se ha comprobado igualmente, siguió, a través de un informe realizado por los servicios informáticos de esta casa –aquí temblé–, que fue desde su equipo de trabajo, *desde su ordenador*, desde donde se remitieron estas reclamaciones firmadas por individuos ficticios con datos ficticios, es decir, con identidades falsas. ¿Hasta qué punto son ciertos estos hechos, señora Villalba?

Pero yo ya no estaba escuchando. La voz del Monago se había adelgazado mientras me preguntaba quién habría sido el autor del informe. ¿Víctor? ¿El *Cerdi*? ¿El *Carapán*? La posibilidad de que fuera Sabina me resultaba demasiado dolorosa, tenía que descartarla, aunque ¿qué opción le quedaba si se lo habían encargado? ¡Obedecer la orden! Imaginé las conversaciones que habrían mantenido en el área de informática cuando recibieron la extraña petición de rastrear como sabuesos en las tripas del RPlic@. Recordé la que tuvieron en la cafetería sobre el funcionario pedófilo, su nada disimulada satisfacción por tener acceso a información restringida sobre asuntos feos y delictivos. El privilegio. Esa pequeña rebanada de poder.

Señora Villalba, despierte, dijo el Monago. Le estoy preguntando hasta qué punto son ciertos estos hechos.

Hasta todos los puntos.

El Monago me lanzó una fugaz mirada apreciativa.

¿Y es consciente de su gravedad?

Pues la verdad es que no.

Otra vez el corrosivo silencio. La respiración rápida, imperiosa, de Echevarría. La resonancia vibrante de un carro de expedientes que algún ordenanza empujaba por delante de la puerta. Nuestros olores mezclados. Nardo, hebras de tabaco, sudor, crema hidratante. Desinfectante. A Salu se le escapó un suspiro improcedente. El Monago continuó.

¿Puedo preguntarle con qué intención lo hizo, señora Villalba?

Para probar.

¿Para probar qué?

Para probar el procedimiento, para entrenarme. Era un trabajo nuevo para mí y me sentía insegura.

¿Por afán profesional, entonces?

Sí, dije mintiendo un poco –solo un poco.

El Monago y Echevarría intercambiaron miradas. Me costaba dilucidar quién tenía realmente la sartén por el mango. A Echevarría se le había quedado pegado un hilo en la pechera de la camisa, un hilo negro que le restaba autoridad. El Monago le hizo un gesto con la palma de la mano, como diciendo paciencia, ya estoy acabando, y continuó con el interrogatorio.

Todavía estamos a la espera, dijo, de determinar el número de reclamaciones falsas tramitadas, pero, si tiene a bien colaborar, lo cual le recomiendo encarecidamente, ¿sabría decirnos cuántas han sido con exactitud, señora Villalba?

Con exactitud no creo, dije.

¿Una cifra aproximada, entonces?

Me quedé pensativa.

Decenas, dije. Varias decenas, dije luego.

Varias decenas es una cantidad muy imprecisa, señora Villalba.

Me encogí de hombros.

Es que no las conté. No lo sé. Muchas.

¿Y por qué tantas?, preguntó el Monago. Si lo que pretendía era probar el procedimiento, ¿no le bastaba con una o un par de ellas como mucho?

Aquí no respondí.

Echevarría resopló haciendo alarde de lo enojoso que le resultaba perder el tiempo conmigo. En su opinión, dijo, ya era más que suficiente, la imputada reconocía los hechos, eso era lo importante por el momento. Le pidió a Salu que lo hiciera constar en sus notas, como si ella hubiera dejado de escribir ni un segundo.

¿La compareciente quiere añadir algo más?, preguntó el Monago.

¿Yo?

Sí, usted.

Yo había oído la *convaleciente*. ¿De qué tipo de enfermedad o dolencia me estaba recuperando?, pensé. Y también pensé: es verdad que he cambiado de estado, a lo mejor este es el inicio de la cura.

Echevarría me sacó del pensamiento.

¿Sí o no?, repitió visiblemente enfadado.

No, no.

Pues hala, a firmar.

Chasqueó los dedos dando por terminada la declaración.

Beni insistía en que buscara asesoramiento legal. Yo pensaba que no merecía la pena. ¿Para qué? Era culpable de los hechos que me imputaban, la suerte estaba ya más que echada. Ah, pero siempre hay atenuantes, decía ella, razones que explican que una actúe como actúa incluso cuando hace lo que no debe hacer. Le dije, medio en broma, que eso sonaba a trabalenguas y ella, muy seria, respondió que la situación no era para tomársela a la ligera. No te das cuenta de lo hondo que es el pozo donde te has caído, dijo, como si lo ocurrido se debiera a un traspié, cuando era yo quien me había lanzado de cabeza a ese pozo, por propia voluntad.

Humedeciéndose el dedo con la lengua, Beni hojeaba el estatuto del empleado público y la jurisprudencia sobre expedientes disciplinarios, buscando qué atenuantes se me podían aplicar. Trastorno de ansiedad, sugirió con las gafas en la punta de la nariz, es muy posible que actuaras bajo estrés, ¿no? Pero ¿qué estrés, Beni?, me dieron ganas de responder, si me he pasado los días, las semanas y los meses sin nada que hacer. Más que al estrés, habría que achacarlo al aburrimiento y a la vergüenza, pero, que yo supiera, no existían los atenuantes de aburrimiento ni de vergüenza. Sí existían, al parecer, los de arrebato y obcecación, y a lo mejor los podíamos utilizar en mi caso, argumentó Beni. Sin duda, yo había atravesado una etapa de gran tensión, era mucha la responsabilidad que se me había impuesto a mí en exclusiva, la de tramitar reclamaciones en una OMPA recién creada, ¡no se me podían echar todas las culpas! Yo pensé que la obcecación, si la había, era de Beni, que se empeñaba en achacarlo todo a mi estado mental.

Según ella, en la siguiente comparecencia tenía que hablarles de mi *malestar anímico*, del agotamiento al que había estado sometida desde que entré en la administración, aunque con precaución, sin pasarme. Lo deseable era que entendieran que esa debilidad era cosa del pasado, que ya estaba todo superado y que a mi confusión habían contribuido circunstancias externas, preocupaciones familiares, problemas de un hermano, por ejemplo, nada mío personal. Pero si soy hija única, Beni. Es una forma de hablar, por Dios, lo importante es dejarles claro que eres y vas a seguir siendo una funcionaria íntegra y fiable. Si, como parte de la sanción, me proponían hacer algún curso de capacitación psicológica, inteligencia emocional o gestión de conflictos, lo mejor era aceptar de buen grado, no poner ni una pega. Tienes que llegar a un pacto con ellos, dijo ya a la desesperada, anticiparte incluso, hacerles ver que estás dispuesta a cambiar.

Yo lo observaba todo con distancia y frialdad, como si aquello no me incumbiera a mí, sino a otra persona que se hacía pasar por mí, mientras seguía percibiendo con extraordinaria precisión los detalles alrededor, la pelusilla en el cuello de Beni, por ejemplo, o la inclinación de sus pendientes de lágrima, anticuados pero no feos, los reflejos irisados del nácar y el brillo de la plata barata, muy distinta de la de aquella gargantilla que una vez quiso regalarme Sabina. Tras haber sido interrogada, ya no sentía la angustia del principio, me encontraba extrañamente calmada, casi en paz. En medio de un expediente disciplinario con malísima pinta, ¿qué más podía perder?

Beni, le dije, yo no sé si puedo cambiar, cualquier declaración de buenos propósitos que haga sonará tan falsa que va a ser peor. Lo que va a ser peor, dictaminó ella, es que sigas siendo así de terca. Si te empeñas en mantener esa actitud, todo el mundo se te va a poner en contra. ¿Y sabes qué?, añadió con los ojos húmedos. Que lo entiendo. Lanzó los papeles a un lado, como si de golpe se le hubiera agotado toda la paciencia, y se quedó muy quieta, con la barbilla temblando.

¿Cómo pudiste hacer algo así?, preguntó. De verdad, ¿cómo pudiste? Es que no me lo explico. ¿Y todo para qué? ¿Por qué? Vas a tirar por la borda todos tus esfuerzos. Imagina que te inhabilitan para ser funcionaria. Ni siquiera podrías terminar la oposición. Todo tu futuro a la basura. Podría pasar, ¿sabes? Podría pasar y a lo mejor hasta te lo mereces, porque arrepentida yo no te veo en lo más mínimo. Qué gilipollez más grande has hecho, se quejó con la voz quebrada, y qué gilipollas soy yo por intentar ayudarte, dijo después, pero enseguida se echó la mano a la boca, asustada por sus propias palabras, ella, que jamás se permitía decir nada inapropiado.

En el acta de la reunión extraordinaria del comité de sabios en la que se debatió, como primer y único punto del orden del día, mi caída en desgracia, pude comprobar lo indignadísimos que se sentían todos por mi comportamiento. Estafados. Insultados. Por supuesto, pedían mi cabeza. Pero también exigían responsabilidades a otros niveles. Se preguntaban cómo había podido ocurrir tal despropósito. Qué controles habían fallado. Qué inspecciones, comprobaciones, registros. Se les llenaba la boca con palabras de ese tipo. Competencia, obligación, deber. Depuración. Demérito. Les inquietaba la imagen tan nefasta que podía transmitirse si el escándalo llegaba a hacerse público. El desprestigio institucional y político. Eso les preocupaba enormemente.

Echevarría intervino a demanda de uno de los sabios. Aseguró que los hechos se estaban esclareciendo, que muy pronto se resolvería el expediente disciplinario y que, por supuesto, se me impondría una sanción. Pero parecía mucho más templado que en el interrogatorio, como restándole importancia a lo sucedido. Dijo que las irregularidades cometidas eran intolerables, pero que por fortuna la sangre no había llegado al río. Sus intervenciones eran muy diferentes a las del Echevarría al que yo estaba acostumbrada. Inseguro y sumiso, nada que ver con quien me había exigido en su despacho cero escándalos.

Me crucé con Sabina en la cafetería, pensé que se haría la tonta como había hecho otras veces, pero se encaminó hacia mí sin titubear y me invitó a sentarme con ella, en una mesa aparte, dejando a un lado a sus compañeros de área, que nos miraron descaradamente sin que a mí ya me importara lo más mínimo. Se había cortado el pelo, ahora lo llevaba alborotado, a la altura de las orejas y con flequillo. Estaba guapa, aunque había perdido gran parte de su encanto. Me preguntó por las oposiciones, yo le expliqué el punto en el que estaba. Luego me preguntó por *lo otro*. El disciplinario, aclaró después, porque yo me negaba a responder ante esos circunloquios. Indiferente, apática, le conté que mis previsiones estaban entre sanción grave y muy grave, probablemente me expulsarían del cuerpo para siempre, nada se podía hacer ya para arreglarlo. Vaya, sí que es mala suerte, dijo apesadumbrada. A mí me sorprendía que se mantuviera tan aparte, como si no hubiese participado también de lo mismo, como si no estuviese participando todavía, en cierto modo. ¿Y qué más da?, pensé luego. En el fondo, no había sido lo mismo. Ni de coña.

Me apeteció tomarme otro café, pero ya no con ella, mejor en mi pasillo, a solas, e hice el ademán de levantarme. Entonces, echando un poco el torso hacia delante, con la actitud de quien va a revelar una gran confidencia, Sabina me pidió que esperara. Volví a sentarme.

Con las manos recorriendo el borde de la taza y la mirada evasiva, como diciendo algo que le costaba horrores decir, me juró que no había sido ella quien hizo el informe, que jamás había mencionado nada que pudiera implicarme y que lo que más deseaba en el mundo, además de un final sin sanción para mí, era que olvidáramos las rencillas del pasado.

¿Era sincera?

Lo parecía.

Yo pensé en *redecillas*, lo que, de alguna manera, venía a significar lo mismo: una bolsa de malla tejida de resentimiento en la que las dos habíamos entrado por nuestro propio pie. Ella me estaba ofreciendo romperla, *zas zas*, con una tijera, como si eso se pudiera hacer tan fácilmente, y yo estuve de acuerdo en intentarlo, aunque pensé: hay otro mundo fuera de la red.

La miré. Sus pupilas iban de un lado a otro, nerviosas y expectantes.

Viéndola vacilar, me hizo pensar en un animal encerrado. Un guepardo, un tucán, un camaleón de pantano. Ese tipo de criaturas exóticas, caprichosas y altivas pero incapaces de maquinaciones.

Supe que aquel era un instante irrepetible, valioso, pero, al mismo tiempo, supe que lo olvidaría pronto, porque mi mente volaba ya hacia otros lugares.

Nos sonreímos con alivio, pero también con tristeza, sin encontrar aquello que nos había unido en otro tiempo.

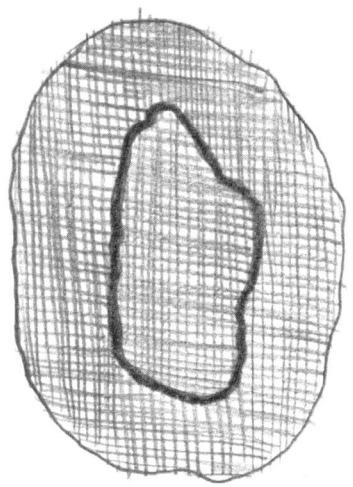

En la segunda comparecencia nos sentamos exactamente en los mismos sitios. Echevarría llegó quince minutos tarde, haciendo muchos aspavientos al entrar mientras terminaba una llamada. La espera previa había resultado bastante incómoda, en medio de un silencio glacial, con Salu a mi derecha visiblemente resfriada y el Monago a mi izquierda tomando un café de máquina a pesar de que yo siempre le había oído decir, con infinito desdén, que eso ni es café ni es nada.

Venga, a empezar que hay prisa, dijo Echevarría como si los culpables del retraso fuéramos nosotros.

Hubo que consignar otra vez mi nombre completo, los datos de mi puesto y ¿conocía los motivos que habían propiciado la incoación del presente expediente disciplinario?

Sí, sí.

El Monago sacó con mucha ceremonia un documento y se lo mostró a Salu, que tomó nota sorbiéndose los mocos. Era otro informe del área de informática, según el cual el 77 % de las reclamaciones recibidas desde que se puso en marcha la Oficina de Mediación y Protección Administrativa procedían del equipo personal de la señora Villalba.

El 77 %. A mí no me impresionaba ese dato.

El Monago se quitó las gafas, se las limpió. Con los ojos desnudos tenía una expresión más joven, más ingenua, también más desvalida. Se las volvió a poner y me observó unos segundos sin decir ni mu, esperando una valoración. Como yo no abría la boca, insistió. El 77 % es una cifra *importante*, señora Villalba, ¿no tiene nada que decir al respecto?

Que solo el 23 % fueron reclamaciones de verdad, dije yo.

Otra pausa, otro silencio. Vi que el Monago se esforzaba por no reír, lo que de alguna forma me envalentonó. Sin duda me miraba de otro modo, como si antes ni siquiera se hubiese parado a considerarme y ahora, de pronto, sí. Con una consideración muy alta.

No le estaba pidiendo que hiciera una resta, señora Villalba. Lo que le preguntaba es si este 77 % no le parece una desmesura. Tener un engranaje administrativo, toda una maquinaria en marcha, al servicio de una pura invención.

Pues claro que es una desmesura, reconocí. Aunque ¿de qué números estábamos hablando? Sería útil saber los números exactos, los porcentajes en abstracto siempre son engañosos. Yo lo único que podía decir era que, desde que se puso en marcha ese engranaje administrativo, esa *maquinaria*, hacía ya más o menos año y medio, no se había alcanzado ni el centenar de reclamaciones, así que ese 23 % era, en realidad, muy poco. Y que la aplicación informática, la campaña de publicidad, las ruedas de prensa, los dosieres a todo color, los nombramientos de expertos, las bases de datos, las reuniones, todo eso hubiera existido igual para tramitar solo un puñadito de reclamaciones. Humildemente, dije, yo eso tampoco lo veía muy normal.

El Monago cambió de postura, Salu se removió en su silla y Echevarría me recordó que yo no estaba allí para dar mi opinión.

Es que no es mi opinión, protesté. Es un hecho. Hay un serio problema con la recepción de reclamaciones.

¿Con la *decepción*?, preguntó el Monago, no sé si para burlarse de mi frenillo o porque de verdad no me entendió.

La recepción, la llegada. Casi no recibimos reclamaciones y las que llegan tienen poca chicha.

¿Ah, sí? ¿Y qué significa que tienen *poca chicha*?

Que no valen nada. Que no son relevantes. Y que, como casi nunca son de nuestra competencia, lo único que se hace con ellas es archivarlas o desviarlas a otros organismos.

A ver si lo entiendo, dijo el Monago dando toquecitos en la mesa con su pluma. Como, en su opinión, la verdad no tiene chicha, usted decidió que era mejor entregarse a la mentira. ¿Es eso lo que nos está queriendo decir, señora Villalba?

No exactamente.

Entonces, ¿qué nos está queriendo decir?

Sonreí y dije lo que hacía tanto tiempo que me moría de ganas de decir: largo de explicar pero, sobre todo, aburrido de escuchar.

¡Vaya! ¡Ahora resulta que la señora se niega a dar explicaciones!, gritó Echevarría. ¡Esto es intolerable!, dijo, y aprovechó su enfado para salir de la sala dando un portazo.

Volvió a los diez minutos. Tenía pinta de haber olvidado por completo por dónde íbamos y hasta, diría, la razón por la que estábamos todos allí sentados esperándole. Le susurró órdenes a Salu, que asintió una y otra vez mientras él le hablaba al oído. Luego se frotó las manos, miró a ambos lados y dijo: bueno, bueno. El Monago preguntó si podíamos seguir. Él asintió: claro, claro.

Se planteó entonces la cuestión de las *intenciones,* que el Monago calificó de crucial. ¿Qué intenciones tenía yo para haber enviado tantas reclamaciones falsas?, quiso saber. ¿Qué buscaba?, ¿cuál era mi objetivo? Porque lo de probar el procedimiento no se lo creía nadie, ni yo misma.

No, claro.

¿Eso significa que nos mintió en la primera comparecencia?

Sí. No. Bueno, yo no lo llamaría *mentir*. Más bien quise salir del paso. Aquel día estaba muy nerviosa.

¿Y ahora ya no está nerviosa? ¿Ahora sí tenemos que creernos lo que nos diga?

Sí.

¿Sí a qué? ¿A que no está nerviosa? ¿O a que dice la verdad?

Ahora no estoy nerviosa. Y ahora diré la verdad.

Entonces se lo volveré a preguntar, señora Villalba, y cogió aire: ¿por qué envió tantas reclamaciones falsas de forma reiterada y sistemática?

Cerré los ojos, la respuesta brotó con toda sencillez.

Porque no tenía trabajo.

Porque no tenía trabajo. El sonido de aquellas palabras resonó en mi interior, me recorrió de arriba abajo despertando una serie de agradables reminiscencias sensoriales. Me sentí ingrávida, libre de todo peso, como a punto de echarme a volar por la sala. No era audacia, no era valentía. Era que, al defenderme, al tener que responder a aquellas preguntas con toda la sinceridad que se me demandaba, podía expresar en voz alta lo que antes jamás me hubiera atrevido a insinuar.

Pero el Monago lo estaba viviendo de otro modo. Como un GPS reubicando la dirección, se notaba que no sabía por dónde tirar.

Señora Villalba, ¿de verdad me está diciendo que inventó reclamaciones para darse trabajo a sí misma?, consiguió articular al fin.

Sí.

Bueno, eso es bastante insólito, murmuró, y luego se embarcó en una serie de disquisiciones acerca de las infracciones habituales entre los empleados públicos, cuya naturaleza, en su opinión, siempre respondía al deseo de trabajar *menos*, no más. Algunos funcionarios descuidan los expedientes, los dejan sin resolver o los resuelven apresuradamente saltándose pasos para ir más rápido, dijo, falsean bajas médicas o hacen trampas en el picaje de entrada o de salida, todo para escapar de sus funciones. También están quienes falsifican certificados para inflar el currículum o quienes manipulan pliegos de condiciones para favorecer la contratación de conocidos, casos en los que, de manera directa o indirecta, también se persigue el beneficio personal. Pero ¿qué beneficio obtenía yo inventándome reclamaciones?

Beneficio beneficio, ninguno.

¿Nunca utilizó la OMPA para resolver o agilizar trámites propios haciéndose pasar por otra persona?

Pues claro que no, dije, sin añadir que hasta el momento la OMPA no había servido para resolver ni agilizar nada.

Pero *algo* buscaba, señora Villalba. ¿Labrarse una reputación ante sus superiores, hacer méritos, presentarse como una trabajadora responsable y aplicada?

Yo dije que a mí la reputación me daba igual, que a mí lo que me estaba matando era la vergüenza. Pasarme allí un día y otro sin nada que hacer y que la gente a mi alrededor lo supiera.

El Monago alzó el índice. Ah, dijo. Por fin estamos llegando a un sitio interesante. A usted lo que le preocupaba era que prescindieran de usted. Que la despidieran. Así que inventando reclamaciones sí que conseguía un beneficio. El de quedarse.

Pero ¡si todo el mundo sabe que aquí no se despide a nadie por falta de trabajo!, dije yo. Jamás tuve ese miedo. Ja-

más. A mí lo que me angustiaba era justo lo contrario. Quedarme donde estaba y fingir que era normal.
Vaya, pobrecita mía, ironizó Echevarría.
Y si tanta angustia le causaba, prosiguió el Monago sin hacerle caso, ¿por qué no presentó su renuncia?
¡Pues porque necesitaba el trabajo! ¿O es que ustedes no necesitan su trabajo?, exclamé dirigiéndome a los tres.

Volvamos al, según usted, insignificante *puñadito* de reclamaciones auténticas. Reclamaciones *sin chicha*, en sus propias palabras. Me pregunto si las que usted enviaba sí tenían chicha, dijo el Monago cambiando el rumbo del interrogatorio.
Bueno, algunas sí.
¿Algunas?, ¿no todas?
No, todas no, admití.
Entiendo. Veamos, por ejemplo, una de las reclamaciones que remitió y ya nos dice usted si tiene chicha o no.
Sacó un papel de una carpetilla de plástico, yo reconocí el formulario de reclamaciones de la OMPA. Leyó:

> *sus queridas señorías señorazas y señorones o dicho de otro modo señoras y señores de sí mismos pero también míos este escrito se lo remito vía postal porque no se lo puedo remitir vía anal que si no no duden que lo haría más que nada para protestar por el temita del acceso al edificio en el que ustedes apoyan sus señoriales culos que ya no hay dios que entre sin su cita telemática cosa que yo no entiendo hay que llevar una tele encima o antenas en la cabeza o un desfibrilador o qué de verdad me resulta incomprensible la cita previa es más difícil de conseguir que el sueldo de Nescafé*

¿Este escrito lo redactó y envió usted, señora Villalba?
Asentí.
¿Y cómo lo calificaría?, preguntó el Monago.
¿Que qué nota le pondría?
No. Qué adjetivos.
Ah. No sé. Contundente. Cabreado.
Contundente y cabreado. ¿Nada más?
Vale, puede que el tono no sea el más ortodoxo, pero lo que plantea es de total interés.
Es decir, tiene chicha, completó el Monago.
Eso creo yo.
¿Y no cree, ya que estamos en el acto de *creer*, que es un escrito insultante en el que, más que una verdadera preocupación por la supuesta cuestión de interés, lo que se aprecia es menosprecio y burla?
No diría yo eso.
¿No? ¿Qué diría entonces?
Para mí, el tono es lo de menos. Lo importante es la verdad que hay detrás.
Una verdad envuelta en mentiras nunca es una verdad, dijo el Monago.
Es que ahí no se dice ninguna mentira.
¿Cómo que no? El reclamante es falso, su identidad completa es falsa.
Pero el motivo del que se queja es real.
La falsedad de un solo dato convierte en falso el documento entero, señora Villalba. Más allá de eso, cualquier persona que se dirija con insultos a la administración se desacredita sola, eso es lo que usted parece no entender.
Lo que no entiendo es por qué se me está juzgando exactamente, si por enviar reclamaciones falsas o por el tono de esas reclamaciones. ¿Si las hubiera escrito haciendo reverencias habría sido menos grave?

Eh, que aquí las preguntas no las haces tú, intervino Echevarría saltándose ya todo protocolo. Salu aprovechó la pausa dramática para sonarse los mocos. El Monago esbozó un gesto como dejando ver que lo tenía todo bajo control.

Señora Villalba, no desvíe la atención. Sabe perfectamente que esto no es un juicio, no la estamos *juzgando* por nada, sino *expedientando*. También sabe de sobra que el expediente que se le ha abierto se refiere exclusivamente al envío de reclamaciones falsas.

¿Sin importar su contenido?

Desde luego, no podemos prescindir del tono en que fueron redactadas, señora Villalba, porque nos da algunas pistas sobre sus verdaderas intenciones. Uno llega a preguntarse si en realidad lo que buscaba era mofarse de las funciones de una Oficina de Mediación y Protección Administrativa y de la arquitectura humana que la conforma.

¿Eso es una pregunta?, pregunté.

Digamos que sí. ¿Quería mofarse?

No.

Entonces, ¿las reclamaciones que envió sobre asuntos como –iba pasando páginas– la censura xenófoba al Festival Chino del Requesón de Queso, las prácticas sexuales dentro de dependencias administrativas, la denegación de subvenciones para la Asociación Protectora de la Nutria Australiana, la petición de ayudas para el alza de zapatos de hombres bajitos, etc.? ¿Cómo tendríamos que interpretarlas?

Como un acto creativo, dije.

Echevarría resopló, volvió a decir que aquello era intolerable, pero tuve la sensación de que con cada intervención perdía poder. El Monago ya ni siquiera lo consideraba. Parecía mucho más interesado en analizar a fondo mis respuestas.

¿Había actuado con prevalimiento de mi condición laboral, es decir, aprovechándome de mi posición de empleada pública?, me preguntó, o más bien se lo preguntó a sí mismo en voz alta. Dilucidar esta cuestión nos llevó algún tiempo; era importante acotar la respuesta porque las consecuencias podían variar mucho.

Yo dije que los actos de los que se me acusaba los podría haber cometido cualquiera con acceso a internet, no era necesario estar trabajando ahí dentro ni disponer de ningún conocimiento especial para rellenar el formulario y enviar una, dos, cuarenta reclamaciones, todas las que alguien se quisiera inventar en un día de inspiración. De hecho, yo podía haberlas enviado desde el ordenador de mi casa y entonces hubiera sido más difícil pillarme. O desde varios ordenadores diferentes, solo por complicarlo aún más.

¿Veis por qué es necesario obligar a la gente a la identificación digital?, dijo Echevarría aporreando la mesa –él, que se negaba a usar la firma electrónica porque le gustaba estamparla a mano, ceremoniosamente, bajo el pretexto de que era más elegante.

Me permití recordar las razones que en su momento tanto él mismo como Teresa me habían dado: en el caso de la OMPA no se exigía identificación digital para no dificultar los trámites y así incrementar el número de *éxitos*. Lo cual no dejaba de ser sorprendente, comenté, considerando lo complicado que era presentar otro tipo de formularios administrativos.

Que sí, que sí, interrumpió Echevarría, y mira cómo nos sale el tiro por la culata con irresponsables como tú.

Yo no tenía por qué responder a esa acusación. Era el Monago, el órgano instructor, el único encargado de tomarme declaración. Beni me había advertido de que solo debía contestar a sus preguntas, a las de nadie más, así que me dirigí a él muy formalmente.

Si me lo autoriza, querría señalar algo.

El Monago asintió con la cabeza, dándome permiso. Aunque la luz era la misma que cuando empezamos —cenital, blanca, fea–, ahora se le marcaban más las sombras de la cara. Las bolsas de los ojos, las gafas, el bigote. Frente a mi energía cada vez más creciente, a ellos se les empezaba a notar realmente cansados. A Salu se la veía consumida, como disminuyendo minuto a minuto. Más poquita que nunca.

Venga, me apremió Echevarría, no podemos estar así todo el día.

Dirigiéndome en exclusiva al Monago, argumenté que todo lo que yo había hecho, por irregular o irresponsable que a ellos les pareciera, no había tenido la más mínima consecuencia para nadie. Había sido una acción por completo inocua.

¿A qué se refiere, señora Villalba?

A que no he beneficiado ni perjudicado a nadie con mis actos.

Esa aseveración es muy discutible, dijo él con ademán repentinamente severo. Al enviar reclamaciones inventadas, usted pulsó el botón de inicio de un sistema complejo en el que estaban implicados muchos funcionarios.

Igual el sistema no tendría que ser tan complejo.

Céntrese, por favor, sabe de sobra de lo que estoy hablando. Estoy hablando del desperdicio de recursos humanos. ¿Qué pasa con todas las personas que trabajaron para nada?

Pues que hubieran estado de brazos cruzados, igual que yo.

Protestas, sillas arrastrándose. Una mirada asesina de

Salu, con toda la razón. Si pensaba en los trámites administrativos que le acarreaban a ella las reuniones del comité de sabios era para morirse. Hacer fotocopias, preparar dosieres, convocar oficialmente a los miembros, elaborar el orden del día, por no hablar de las infames transcripciones y de esas otras tareas aparentemente más triviales pero igual de *necesarias* como preparar la sala, habilitar proyectores y micrófonos de mesa, llevar botellas de agua, facilitar folios y bolígrafos. Claramente tenía que recular.

O hubieran trabajado muchísimo, dije. Pero para nada.

La cara que puso el Monago fue indescriptible, lo que, de alguna forma, me impulsó a continuar.

A lo que me refiero, dije, es a que todo esto ha sido como nadar bajo la lluvia. Como mojar lo ya mojado. Vamos, que esos recursos ya estaban desperdiciados de antemano.

Aquello de nadar bajo la lluvia fue una metáfora espantosa, lo sé.

Pude haber dicho también: una gota en el océano, un grano de arena en el desierto, una pequeña hormiga en un gran hormiguero.

La ruedecita de un intrincado engranaje, si no fuera tan obvio.

La cuestión era: ¿de qué se me estaba acusando?

Si era de enviar reclamaciones falsas, sí, era culpable.

Pero no solo mis reclamaciones eran falsas.

Todo era falso.

Echevarría se había puesto de pie. No toleraría una salida de tono más de la compareciente, aseguró con el brazo en alto. Esta señora, señorita, lo que sea, dijo, nos está faltando al respeto todo el rato. Esta persona, añadió señalándome, esta persona que todavía tiene la desfachatez de aspirar a incorporarse al cuerpo de funcionarios, no ha mostrado la menor consideración por nadie. Se le asignó un puesto de confianza dentro de un área en expansión, pero ella, en vez de esforzarse para hacerse merecedora de tal puesto, se dedicó a boicotearlo desde dentro, sistemáticamente, día tras día, pitorreándose sin escrúpulos, despreciando todas las reglas de la deontología funcionarial y sus códigos de conducta, portándose como, como, como una gamberra adolescente.

Se sentó de nuevo, o más bien se desplomó sobre la silla, abatido, sudoroso. Sin duda, yo había minado ya todo su aguante.

Señor instructor, dijo, le ruego que vaya al grano de una vez. A esta señora, señorita, lo que sea, ya la hemos escuchado de más. Haga usted el favor de ir concluyendo.

El Monago asintió, ordenó sus documentos, se recolocó las gafas y apoyó la frente sobre una mano. ¿Qué opinaba él de todo aquello? Sus pensamientos se me escurrían, eran un enigma. Había sido así desde el primer día. Seguía siendo así ahora también.

Sí, vayamos terminando, señora Villalba, dijo sin ningún convencimiento.

Justo entonces se oyó un estrépito al otro lado de la puerta. Algo se había caído o algo se había roto. Los cuatro guardamos silencio, barajando y descartando interpretaciones. Yo tuve la irracional pero muy sólida sospecha de que ese ruido guardaba relación con lo que nos estaba ocurriendo dentro de la sala. Que era lo mismo, o que se debía a la misma causa.

Cuando todo se calmó, el Monago anunció que me

iba a formular dos preguntas muy claras y concisas para recapitular lo hablado hasta el momento.

¿Solo dos?, pensé yo. ¡Eso sí que es capacidad de síntesis!

En primer lugar, señora Villalba, dijo simulando cotejar sus notas, ¿reconoce haber desarrollado de manera reiterada un comportamiento irregular en su puesto de trabajo a través de la creación de identidades ficticias y la falsedad documental?

Supongo que sí, respondí.

Después de todo el rato que llevamos aquí, ya no se puede suponer, señora Villalba. Se trata de decir sí o no.

Pues sí.

Sí, reseñó por escrito antes de continuar.

En segundo lugar, ¿es usted, señora Villalba, consciente de la gravedad de los hechos que admite?

Eso, la verdad, no. Sigo sin ver gravedad por ningún lado.

No, reseñó aplicadamente. Después soltó la pluma, abrió y cerró varias veces la mano derecha, mientras la izquierda la utilizaba aún para apoyar la frente.

Ese es justo el problema, dijo. Que usted no entiende la trascendencia de lo que ha hecho. No entiende los perjuicios que ha ocasionado con sus actos ni el daño que supone para la administración pública. Casi diría que esa inconsciencia se debe a una incapacidad propia de usted. Una limitación.

¿Ese es el veredicto?, pregunté.

No, respondió medio sonriendo. Aquí no hay veredicto que valga. Aquí lo que hay es un procedimiento con sus pasos. El siguiente es que este órgano instructor traslade al órgano decisor una valoración de los hechos descritos para que determine si impone una sanción o no y, en su caso, qué tipo de sanción. Aunque para eso quedan unos cuantos días, expuso en tono amable pero también paternalista, como quien le promete a una niña planes que sabe de sobra que no cumplirá.

Por parte del órgano instructor, continuó dirigiéndose a Echevarría, se da por concluida la declaración.

Echevarría, que estaba distraído con el móvil, levantó la cabeza aturdido y dijo: eso es, el órgano decisor decidirá en función de lo que el instructor instruye o ha instruido, el órgano, aquí presente, y señaló al Monago.

Y así acabó la segunda *convalecencia*.

Órgano instructor, órgano decisor, pliego de cargos, alegaciones, comparecencias, instrucción del procedimiento, resolución de sanción, iniciación, terminación.

Durante todo el proceso yo había sospechado que improvisaban. Que tomaban decisiones sobre la marcha, interpretando los trámites a su manera. Que omitían fases y se excedían en sus atribuciones.

A lo mejor era el primer expediente disciplinario al que se enfrentaban.

Si en otros procedimientos burocráticos mucho más rutinarios se cometían multitud de errores, ¿por qué no en este?

Si al menos hubieras mostrado arrepentimiento, se lamentaba Beni una y otra vez. Pero Beni, protesté, es que no estoy arrepentida. ¡No sabes lo que dices! ¡No eres capaz de comprenderlo!, repetía espantada. Me miraba como si me hubiese poseído el mismísimo demonio. Como si supiera que, en el fondo de mí, anidaba una funcionaria modélica aplastada por las fuerzas del maligno. Probablemente culpaba a Sabina de lo ocurrido, como esas madres que siempre buscan exculpar a sus hijos con el achaque de las malas compañías. Con el tiempo, decía, vaya si me arrepentiría, pero entonces sería tarde, ¿no había podido al menos *fingir* un poco?

    El Monago le había contado que mi actitud fue muy desconcertante. Kamikaze, dijo. Me lo había ido poniendo yo solita cada vez más difícil, con arrogancia infantil. Él había tratado de sacarme de las encerronas de Echevarría, pero yo no estaba por la labor, casi parecía disfrutar con el conflicto. Mis recuerdos no eran esos exactamente, pero no discutí las apreciaciones que ella me iba soltando con pesadumbre.

    La resolución iba a ser inmediata. Un día, dos, tres, no más, mientras que para el segundo examen solo faltaba una semana. Plazos demasiado cortos para interiorizarlo todo. A mi madre yo aún no le había contado nada. Cuando me echaran, ya vería el modo de explicárselo, antes para qué. Según Beni, todavía había esperanza, pero sus palabras de ánimo no sonaban nada convincentes. Tenía unas profundas ojeras y manchas púrpura en las mejillas, y estaba despeinada, como deshecha. La pasión con la que siempre hablaba se había esfumado por completo. Me dijo que no podía aguantar más el dolor de columna, que había llegado al límite de ese dolor constante, un dolor del que hasta ese momento jamás se había quejado. Se detuvo a mirar alrededor, como si nunca hubiera estado allí o como si de pronto hubiera descubierto algo desconocido e inquietante. Había bajado la guardia. La decepción tan grande que yo le había causado le había dado la vuelta, dejando a la vista sus costuras.

Era todo muy raro. No podía irme de mi puesto, pero tampoco podía hacer nada relativo a mi puesto. Estudiar no estudiaba, ya no tenía ningún sentido. Los días eran más largos que nunca, eran infinitos. Cada hora con todos sus minutos y segundos transcurrían con una lentitud exasperante. Por alguna razón, pensaba mucho en el jefe de negociado número dos. Quizá por el encierro, la estrechez del perímetro en el que habíamos convivido tanto tiempo sin comunicarnos. Ahora me tocaba a mí ser un fantasma, el espectro de un funcionario. De camino a mi mesa, andaba muy derecha, evitando enfrentar las miradas de los otros, como él había hecho conmigo. Recorría el pasillo de los despachos arriba y abajo. Hacía sentadillas apoyando la espalda en la pared, abdominales de pie, estiramientos. No me hubiera importado tumbarme en el suelo. Extendida ahí toda tiesa, con los brazos cruzados sobre el pecho, envuelta en el ronroneo del final de jornada, solo para asustar al primero que pasara. Pero nadie pasaba.

Hasta que José Joaquín cruzó la puerta de los ojos de buey con sus trabajosos andares y, consciente de la solemnidad del momento, me hizo firmar la nota interior por la que se me daba traslado de la Resolución de Imposición de Sanciones en Expediente Disciplinario seguido contra la funcionaria interina D.ª Sara María Villalba Villalba. ¡Qué formalidad más tragicómica!, pensé. Ese era mi nombre completo. Esa era yo.

José Joaquín se quedó inmóvil, esperando mi reacción. Puso cara de desearme lo mejor, una expresión ilusionada y candorosa, como si al rasgar el sobre pudiera salirme el premio del rasca rasca. Yo saqué la resolución —eran solo dos páginas—, pero no leí nada hasta que él comprendió que tenía que irse y se fue.

Pasé la vista con rapidez por la palabrería de los inicios. VISTO que con fecha 10 de noviembre del presente año, mediante providencia de este órgano administrativo, se acordó incoar EXPEDIENTE DISCIPLINARIO a la funcionaria doña Sara María Villalba Villalba y designar como INSTRUCTOR del mismo a don Felipe Monago Méndez y SECRETARIO del referido expediente a don Javier Echevarría Zamora, bla bla bla. Y que con fecha 13 de noviembre se le trasladó a la inculpada el pliego de cargos, otorgándole un plazo de DIEZ DÍAS a fin de que presentara las ALEGACIONES pertinentes para la defensa de sus derechos, bla bla bla. Y que con fecha 27 de noviembre se procedió a una primera comparecencia o toma de declaración de la inculpada, en la que la mencionada funcionaria reconoció ser la autora de las faltas imputadas, bla bla bla.

Entonces apareció Beni a toda prisa, sin resuello, y me arrancó la resolución de las manos. ¡Beni!, protesté. Me la devolvió entre disculpas. Estaba al borde de un ataque de nervios, confesó, se moría de ganas de saber en qué había quedado todo, pero yo le pedí por favor que me dejara leer tranquilamente. Continué.

La inculpada reconocía ser la única responsable de la recepción de reclamaciones en la recién creada Oficina de Mediación y Protección Administrativa, en adelante OMPA. La inculpada también reconocía haber remitido reclamaciones inventadas con datos falsos desde su propio equipo de trabajo, que hizo pasar por verdaderas ante sus superiores, incluyéndolas en los registros administrativos creados a tal fin. Según se desprendía de un informe interno del organismo, el 77 % de las reclamaciones tramitadas en la OMPA desde su inicio habían sido remitidas por la inculpada, por lo que esta actuación podía calificarse de *sistemática y reiterada*.

Pero ¡lee el final!, me atosigaba Beni. ¡La segunda hoja!

Yo no tenía prisa por llegar al final. Yo quería leer el relato completo de los HECHOS. Hechos que la inculpada admitía, en efecto, bajo la justificación de que *quería probar el procedimiento*. Un sucinto y curioso resumen, pensé.

Di la vuelta a la primera hoja y leí que, con fecha 2 de diciembre, se procedía a la segunda comparecencia, en la que la inculpada alegaba no haber logrado ningún beneficio personal con su comportamiento irregular ni haberse aprovechado de su condición de empleada pública, así como no ser consciente de la gravedad de las faltas cometidas. De todo lo demás que habíamos hablado, ni rastro. Otro resumen no menos curioso.

A continuación, numerados como PRIMERO, SEGUNDO Y CUARTO, con la inquietante ausencia del TERCERO, se sucedían los FUNDAMENTOS DE DERECHO, que leí en voz alta mientras Beni se retorcía las manos con impaciencia. Se decían muchas cosas. O mejor dicho, se decían pocas cosas pero con muchas palabras. Que los hechos referidos, en los que se advertía *reincidencia, intencionalidad y afán de simulación y engaño*, podían ser constitutivos de una FALTA GRAVE o MUY GRAVE de acuerdo con lo establecido en el Régimen Disciplinario de los Funcionarios Públicos, al suponer un notorio incumplimiento, por parte de la inculpada, del deber de respeto a las normas y procedimientos administrativos vigentes. Que también suponían la ruptura de los principios éticos del código de conducta del Estatuto del Empleado Público, en lo referido a los fundamentos de lealtad y buena fe con sus superiores, compañeros y subordinados, así como un descuido de los principios de eficacia, economía y eficiencia.

Todas esas cosas había hecho yo, por lo visto.

Pero también se consideraban ciertas *particularidades*. La ilogicidad de los hechos. Su incoherencia. El carácter errático y desequilibrado de la falta cometida. Al órgano decisor le sorprendía la perseverancia de la inculpada, esto es, mía, al incurrir en su conducta durante meses sin obtener nada a cambio, antes bien, complicándose sus funciones laborales cotidianas, que, *en puridad*, nunca había descuidado. Por otro lado –y con esto pasé ya a la segunda hoja–, la falsedad documental mencionada no suponía falsificación o mutilación de documentos reales, sino la completa invención de otros nuevos de carácter predominantemente *fantasioso y sin vínculo alguno con la realidad*. Esto me hizo reír. Beni me contempló desconcertada. ¿A dónde nos llevaban todos aquellos razonamientos?

A lo siguiente:

A que, de acuerdo a lo anteriormente expuesto, el órgano decisor determinaba otorgar a los hechos la consideración de FALTA GRAVE e imponer, en consecuencia, una sanción de SUSPENSIÓN DE FUNCIONES de carácter inmediato –¡adiós, OMPA!–, aunque, teniendo en cuenta de modo prevalente la ausencia de perjuicios para terceros, y el *carácter ilógico, incoherente, errático y desequilibrado*, bla bla bla, no se impediría que la funcionaria –aquí ya me llamaban funcionaria– continuara con el proceso opositor en que se encontraba inmersa y que, en el futuro, caso de superar dicho proceso selectivo, pudiera acceder a una plaza dentro del sector público, advertida, eso sí, de las consecuencias de una posible reincidencia, que serían, deduje, mucho, pero muchísimo más graves.

¿Era una buena noticia?
Debía de serlo, porque Beni me abrazó muy contenta.

Esto de recoger las cosas en una caja de cartón era algo que había visto mil veces en las películas. Un rito un pelín humillante, vinculado normalmente a la degradación o al despido, pero también una costumbre, para mí, enigmática. ¿Qué llevaba la gente ahí dentro? ¿Cosas que había ido adquiriendo y acumulando en el tiempo de trabajo? ¿El pequeño patrimonio laboral? Nadie llegaba con una caja el primer día, ¿por qué había entonces que marcharse con una caja?

Yo no tenía nada que meter en una caja. Para mí, recoger fue lo más sencillo del mundo. Dos minutos, puede que menos, y estaba lista.

Echevarría quiso verme antes de que me fuese. No para decirme adiós, claro está, sino para advertirme de que, por mi bien, era mejor que mantuviera bien cerrada la boca. Habían sido demasiado indulgentes conmigo, dijo, a ver si por lo menos yo les correspondía con un poco de decencia. En la resolución del expediente no se habían detallado todos aquellos aspectos incómodos y vergonzosos de las reclamaciones que yo me había inventado. Los insultos y las burlas y la escatología y todos aquellos improperios. Habían decidido obviarlos para no perjudicarme, dijo, y yo pensé que por ese motivo no sería, que sería más bien para no perjudicarse ellos mismos dándole relevancia a unos hechos que, si habían ocurrido, era porque se habían dejado huecos suficientes para que ocurrieran, puntos ciegos que no eran precisamente culpa mía. Echevarría, que acababa de recibir una llamada, hizo un gesto con la mano para que me largara de su vista. Sin embargo, al salir de su despacho, tuve la extravagante sensación de que no le caía mal del todo, lo que se confirmó cuando, por la escuadra de luz que dejaba la puerta entreabierta, salieron sus últimas palabras.

¡Suerte en la oposición!, gritó. ¿Suerte en la oposición? ¿De verdad había oído bien?

Se me había concedido la oportunidad del borrón y cuenta nueva.

Eso es lo que me confirmó Teresa, que gracias a la generosidad de Echevarría, a su *nobleza*, yo tenía ahora la posibilidad de pasar página y seguir con la carrera administrativa si así lo deseaba y, sobre todo, si aprendía la lección recibida. Ya no estaba disgustada conmigo, consideraba todo lo sucedido el fruto de una enajenación incomprensible, de mi inmadurez; yo no era mucho mayor que sus hijos, y una madre es indulgente por naturaleza. Quién vendría ahora a ayudarla era su nueva inquietud, porque otra vez se quedaba *vendida*, y escucharle decir eso sin que se le moviera un pelo era no dar crédito ante la rareza de este mundo.

De Beni me costó despedirme. Era una mujer ridícula e inocente, pomposa y buena, cálida y posesiva, de la que era muy fácil reírse y de la que, al mismo tiempo, debería ser delito reírse. Cómo podía ser tan fácil cometer ese delito resultaba una paradoja casi cruel. Beni, toda ella generosidad y entusiasmo, también me deseó suerte en el examen. Me miraba como debió de mirar al hijo pródigo su magnánimo padre: yo estaba perdida y había sido hallada. Era un viernes. El examen era el sábado.

En cuanto al Monago, sentí que me evitaba, o más bien que evitaba la posibilidad de que nos vieran juntos.

Por toda despedida me dio un toquecito en el hombro y enseguida se apresuró a alejarse desviando la mirada hacia los lados.

Yo había empezado a barruntarme que algo raro pasaba.

Hasta que lo volví a ver junto a los tornos de acceso, fumando en su pipa, ensimismado. Me llevé el móvil a la oreja para fingir que hablaba con alguien y avancé con la cabeza baja hacia la salida. Aun así, noté que sus ojos se posaban en mí y que quería detenerme. ¡Te pillé!, exclamó con aquella sonrisita torcida tan suya. Yo guardé el teléfono, le devolví la mirada, pregunté qué pasaba. Dijo que no debía avergonzarme por lo ocurrido, que todos eran unos falsos y unos estirados, sin aclararme de quiénes estaba hablando. Solo buscan impresionar y quedar por encima, no soportan que nadie los cuestione, dijo a continuación. Bueno, le interrumpí, yo nunca he pretendido cuestionar a nadie. Lo sé, lo sé, no hace falta que te justifiques, y yo le dije que tampoco pretendía justificarme.

Se detuvo un momento, tosió, se rascó la nuca, un gesto inusual en él, como si tuviera piojos. Esto que voy a decirte es difícil de explicar pero, sobre todo, aburrido de escuchar, bromeó, y luego se acercó un poco más, poniéndose muy serio.

Un fuerte olor a menta, a regaliz pasado.

El bigote tan tupido que daban ganas de pegarle un tirón para comprobar que no era de mentira.

Demasiado cerca.

No sé si me gustaba.

Sin dejar de rascarse, me contó que en el rastreo informático de las tripas del RPlic@ no solo habían aparecido mis reclamaciones inventadas. Desde otros cuantos ordenadores ubicados dentro del edificio, dos de ellos pertenecientes a sabios del comité, también se habían cometido *pequeños chanchullos*. Por no hablar de algunos movimientos *sospechosos* relacionados con la revelación de datos privados y la utilización ilícita de claves de acceso. Esto lo sabía Echevarría, lo sabía Teresa. Lo sabían todos.

Se me quedó mirando interrogante. Esperaba una réplica, un comentario, algún tipo de señal que demostrara que había entendido el alcance de lo que me acababa de revelar. Pero yo no tenía nada que añadir. La mera idea de responderle me producía una pereza cósmica. Allí de pie, a su lado, comprobé que teníamos la misma estatura. Me pareció extrañísimo, porque siempre había asumido que el Monago era bastante más alto que yo.

Prácticamente acababa de irme y ya estaba otra vez de vuelta, entre una multitud de opositores con las cervicales jodidas, retortijones, palpitaciones, las huellas del insomnio, de la alopecia nerviosa y la psoriasis. Comparada con ellos, yo no estaba tan mal. Yo estaba bien, de hecho. Inusualmente tranquila, adocenada, falta de estímulos, tentada por la probabilidad, competitiva lo justo, alerta lo justo, recordando las palabras de ánimo de mi madre, de Beni, hasta de Sabina, toda aquella corriente afectuosa de energía positiva que me empapaba, absorbida por esa masa de personas que era densa, igualitaria, creciente y necesitada de una dirección, como todas las masas.

Íbamos accediendo a las salas en filas compactas y lentas, espiándonos los unos a los otros discretamente. Una chica que parecía vestida para una boda le contaba a alguien que, en efecto, tal como saliera de allí se iba para una boda. Tras ella, un hombre de unos sesenta al que se le veía el pijama bajo el abrigo bostezaba sin taparse la boca.

Fui a sacar el dni para identificarme. No llevaba el dni. Casi me caigo al suelo al darme cuenta.

Busqué y rebusqué en la mochila, en cada uno de sus diminutos e inútiles compartimentos, incluso en aquellos donde no cabía el dni. En los bolsillos del abrigo y del pantalón, los traseros y los delanteros. En todos lados. Para nada. Debía de haber perdido la cartera en el autobús. La había cogido para pagar y ahora ya no estaba.

No tenía cartera, no tenía dni, no tenía nada.

¡No llevo el dni!, grité con desesperación.

La mujer que estaba delante, con gesto de no importarle lo más mínimo, dijo que el pasaporte o el permiso de conducir también servían.

¡Nunca me he sacado el pasaporte! ¡No tengo coche!, grité angustiada y nerviosa y a punto del colapso.

El de seguridad me sacó de la fila. Le sonaba mi cara. A mí la suya no, aunque no estaba yo para recordar caras. Tú trabajas aquí, dijo. Trabajaba, trabajaba, respondí, hasta hacía dos días trabajaba. Entonces seguro que todavía conservaban mis datos, dijo. Ellos almacenaban un escaneo del dni de todos los funcionarios. Podía buscar el mío, imprimírmelo y que al menos me sirviera para acceder al examen mientras alguien me traía el documento auténtico.

Pero nadie me iba a traer el documento auténtico. En esos momentos mi dni viajaba en un autobús de línea o estaba en el poder de quien fuera que hubiera encontrado mi cartera.

Bueno, mejor algo que nada, zanjó el de seguridad muy sabiamente, y se fue a conseguir mi copia a toda leche. Otro opositor que esperaba en la fila me sugirió que entrara al registro a presentar una declaración jurada de identidad. Que me la sellaran allí y que la presentara con la promesa de subsanar después la documentación.

Pero ¡es sábado, el registro está cerrado!, dije yo.

El opositor sonrió con la condescendencia de quien cuenta con información confidencial. Hay un registro abierto en la entreplanta, dijo. Para casos excepcionales como el tuyo. Salí volando.

No sé cómo lo hice para no perderme, porque siempre me había perdido por todos lados. La intuición azuzada por la necesidad. La desesperación. La urgencia. A la entreplanta había bajado antes con Sabina, eso también sirvió. Ella me había enseñado los ascensores que paraban allí y los que no. Cogí uno de los buenos. Al abrirse la puerta me encontré de cara con otro vigilante que sabía dónde iba. ¿Quién se lo había dicho? Probablemente su colega de la entrada, mi nuevo mejor amigo, a través del pinganillo. Al fondo a la derecha, me indicó, ¡corre!, y dio una palmada al aire como el animador de una gincana.

Al fondo a la derecha había un hombre de espaldas con camiseta negra, coleta canosa y un maletín de ruedas esperando ante una dependencia.

Se dio la vuelta al oírme y yo me sentí en la obligación de dar explicaciones. El hombre señaló la puerta entreabierta de la que salía el murmullo de una conversación. El registro está ahí dentro, confirmó. Él tenía una cita, añadió. La camiseta que llevaba era de Iron Maiden y estaba despintada y viejísima.

Como si se acordara súbitamente de algo esencial, se puso de cuclillas, abrió su maletín y sacó un montón de papeles que agrupó y desagrupó de todas las maneras posibles. Hablaba para sí mismo: esto con esto, esto va aquí, a ver si esto lo aceptan, si esto no vale digo yo que les valdrá esto otro, el justificante, el recibo, la copia compulsada... Comprendí con horror que los trámites que pretendía hacer iban a consumir un tiempo indecente. Inasumible para mí.

Le pedí, le rogué, le imploré, que me dejara pasar antes que él. Me atropellé ofreciendo mis razones. El examen. El autobús. La cartera. La oposición. La plaza. Mi futuro. El hombre arqueó las cejas, apretó los labios, me evaluó como poniéndome nota. Pensé que diría no. Pero debí de sacar buena nota y dijo sí.

Allí mismo, de pie, mientras esperaba a que saliera la persona que ya estaba dentro, escribí una declaración en un papel en blanco jurando ser quien era, jurando que mi persona se correspondía con el número y la letra que les proporcionaba, jurando mi fecha de nacimiento, mi domicilio y hasta jurando que mi padre y mi madre eran los mismos que me habían traído a este mundo. Cuando el registro quedó libre, me colé antes de que el fan de Iron Maiden se arrepintiera de su caballerosidad. Una funcionaria sentada detrás de un mostrador estampaba un sello tras otro, mecánicamente. Me disponía a explicar mi caso cuando me interrumpió. Ya lo sé todo, dijo. Esto me resultó muy inquietante.

La funcionaria llevaba unos vistosos pendientes de colores que no pegaban nada con el resto de su ropa, una especie de uniforme gris con botones dorados en las solapas. Sellaba documentos con tanta energía que los pendientes se movían hacia delante y hacia atrás, rítmicamente. Solo se detenía para entintar los sellos con cuidado, como se hacía años atrás, sin hacerme el menor caso.

Por favor, supliqué, y le extendí mi declaración para que le estampara cualquier sello, el que fuera, de entre su nutrida colección.

Eso que traes no sirve para nada, dictaminó sin levantar la vista.

Da igual. Tengo que intentarlo. Póngale cualquier sello. Cualquier sello me vale, susurré.

Accedió finalmente, no sin insistir en que ese papel no tenía validez. Cuando te lo echen para atrás, avisó, ni se te ocurra ponerme una demanda.

¿Todo aquello ocurrió de verdad? Ya no lo tengo tan claro. Cuando regresé a la cola, todavía estaban entrando los últimos opositores, a los que se les iban asignando las mesas libres, tú aquí, tú allá. Era muy sorprendente, para mí que había trascurrido más tiempo. Pero tenía los documentos en mi poder, eso no lo había soñado, mi declaración jurada firmada y sellada y la copia del dni que el mejor vigilante de seguridad del mundo había conseguido in extremis para mí. La funcionaria que controlaba el acceso a la sala, que lucía una increíble mata de pelo rizado, evaluó los papeles, me sonrió con simpatía y me dejó pasar sin más problema. No sabía si era lo correcto o no, comentó, pero no sería ella quien me dejara a las puertas. Conocía el caso de un opositor al que, por no tener dni, se le hizo posteriormente una prueba grafológica, así que tranquila, me dijo, ya encontraremos la manera de que no te escapes. Guiñó un ojo y me señaló el último pupitre de una de las filas. Me senté obediente. El corazón me palpitaba fuerte y rápido. Un fluorescente de techo parpadeaba, generando un chasquido que en esa situación me sonó como un aplauso.

Antes de comenzar, hubo algunas diferencias de opiniones sobre la temperatura de la sala. Hacía frío, hacía calor, había que subirla, había que bajarla, era perfecta, mejor no tocarla. Señores, señoras, están perdiendo tiempo de la prueba, un tiempo precioso, ustedes verán, bramó el funcionario que esta vez hacía de supervisor, lo que originó otro debate más acerca de quién había sido el responsable del retraso, si quien protestó primero o quien protestó ante la protesta del primero.

Todo esto no puede ser real, pensé. Lo real está aún por llegar, esto es solo un preámbulo, un ir cogiendo práctica para cuando la cosa vaya en serio.

Pero llegó el sorteo y un silencio expectante cayó sobre nosotros. Un silencio efímero, frágil, a punto de romperse con exclamaciones de alegría o de queja, con suspiros de alivio o desesperación. El supervisor, sabiéndose el protagonista absoluto del momento, sacó los dos temas y los cantó a toda voz. Un montacargas descendió por mi columna vertebral y se me encajó en la pelvis con un golpe seco. Pánico y júbilo. Me sabía uno de ellos. Uno de los dos.

Ante mí, una pila de folios en blanco.

Ahora, a demostrar.

Escribí apretando mucho el bolígrafo, con mi letra menuda que se iba curvando a pesar de los esfuerzos por enderezarla. Tuve que parar varias veces porque me dolía la mano. Los dedos tensos, el brazo tenso, el cuello tenso, la espalda tensa, el culo tenso, la postura contraria a la recomendada en el calendario del opositor: así me sentaba yo, así me arqueaba. Redactaba mi documento probatorio, mi absolución, mi petición de acceso al castillo, a toda velocidad y con la cabeza gacha. ¡Utilizamos solo una cara!, advertía el supervisor dando vueltas. ¡Nos administramos el tiempo! ¡Reservamos los márgenes! Vacilé en algunas fechas y referencias legales. Di rodeos para que no se notaran mis lagunas. Taché y corregí. Aspiré el olor a rotring, a sudor, a calefactor viejo. Al acabar, repasé lo escrito. Me pareció un completo sinsentido, pero era el sinsentido que se me requería. Volví a leerlo con estupor, como si no lo acabase de escribir yo misma. Corregí alguna cosa más. Añadí, borré. Arañé hasta el último minuto que nos concedieron, incluso el tiempo de gracia tras los avisos cada vez más admonitorios del supervisor, ¡vamos entregando!, ¡entregamos ya!, ¡entregamos ya!

Me levanté entumecida, con las rodillas flaqueándome y hormigueos en las piernas. Los demás también arrastraban los pies, se frotaban los ojos y se crujían los dedos de las manos. En el estrado de la sala, tres funcionarios, entre ellos la mujer tan amable que me había permitido la entrada, recogían los exámenes, grapaban las hojas, revisaban una vez más las identidades, pegaban etiquetas con un código de barras y a cambio devolvían un resguardo.

Alguien me habló al oído, volví la cabeza.

No había nadie a mi lado.

Me quedé inmovilizada. Atenta. *Al acecho.*

La funcionaria amable hizo una seña para que le entregase el examen. Tenía las uñas pintadas de color sangre, los dedos cortos y gruesos. Los movía con voracidad, pidiendo su alimento.

Yo me resistía.

Había llegado ahí porque un paso me había llevado a otro y luego a otro, después de saltos rápidos, subidas y bajadas de escaleras, atajos, laberintos, pruebas complicadísimas y estancias en la cárcel. Como en el juego de la oca, había saltado las vallas disciplinadamente, todos los obstáculos, hasta vislumbrar la meta.

Había estado a punto de perderlo todo, pero alguien

decidió darme otra oportunidad y yo la había agarrado. La tenía ahora entre mis manos. Era el examen.

Pero no lo soltaba.

Sentí que se echaba un telón, aunque la luz allí dentro no cambió en lo más mínimo.

La mujer me miraba, dando ya claras muestras de impaciencia. Sus dedos se movían de forma autónoma. Ya no eran sus dedos propiamente dichos. Tenían vida propia.

¿Qué te pasa?, escuché sin saber si era ella o yo misma quien hablaba.

La miré a los ojos, que eran como los míos. Igual de oscuros.

¿Deshacer el camino, dar la vuelta? Qué desagradecida.

Mientras salía de la sala, sin tener la más remota idea de adónde iría después, sin planes ni programa, rompí en pedazos aquellos folios. Como en trance. Primero en cuatro partes, luego en ocho, luego en dieciséis, luego en treinta y dos. Iba leyendo lo que quedaba en cada uno de los papelitos. Me gustaba:

a propuesta conjunt entes deriv decret
undaciones, dich sector. No obstante, cons
recho de rectifi más allá de la utilizac

Durante unos segundos, el aire se volvió incandescente. Una electricidad rápida y fugaz. Chispeante y gatuna. Todo esto, pensé maravillada, lo he escrito yo.

¡Eh! ¡Un momento!, me detuvo a la salida la funcionaria de la espléndida mata de pelo rizado. Había venido corriendo tras de mí, agitada y también enfadada, como si le hubiera arrebatado algo valiosísimo que tenía que devolverle de inmediato. A la luz exterior, ya no me pareció que su melena fuera tan espléndida. Ahora estaba desordenada; su aspecto era áspero, ordinario. Se dirigió a mí falta de aliento. No puedes acceder a una oposición y luego no entregar nada, ¿para eso te he dejado entrar?, me reprochó. ¿Sabes en el lío que nos metes? ¡Podrían acusar al tribunal de haber perdido el examen! ¡Se armaría una buena! Cuando le mostré los pedazos de papel, puso los ojos en blanco. Dios mío. Entrega eso aunque sea. Entrega eso, anda, repitió imperativa, suspirando. Me dio la espalda en dirección al edificio y me ordenó que la siguiera. Dócil, serena, fui detrás de ella, como en medio de un sueño. El edificio me abducía. Vaya, pensé, todavía tengo que ejercer más resistencia, aún no he terminado. Leí algunos fragmentos más antes de olvidarlos para siempre:

> *tra rama del ordenamiento jurid*
> *testades de autotutela implica qu*
> *nada la de mitad en pusieron la mesa la*

CRÉDITOS

Página 38: manzana entera y manzana partida, © Iñaki Landa.
Página 43: pirámide, © Iñaki Landa.
Página 51: glotis (dibujo anatómico), © Iñaki Landa.
Página 59: muestrario de plantas, © Iñaki Landa.
Página 96: papiroflexia, © Iñaki Landa.
Página 118: caligrama de araña, © Salette Tavares.
Página 161: poema de Vladímir Maiakovski (© de la traducción, Lila Guerrero).
Página 169: eclipse de sol, © Iñaki Landa.
Página 174: mosca, © Iñaki Landa.
Página 177: serie fotográfica de Eadweard Muybridge.
Página 192: redecilla, © Iñaki Landa.

ÍNDICE

Iniciación 11
Pliego de cargos. 65
Pliego de descargo. 107
Terminación 163
Créditos 225